[爱尔兰] 西西莉雅·艾亨 ——— 著
丁雨洋 ——— 译

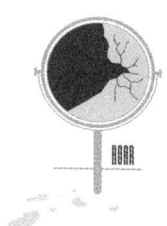

九州出版社
JIUZHOU PRESS

给所有 ____ 的女人

身为女人,听我怒吼,数量之多,力度之大,无法忽视。*

——海伦·瑞迪和雷·伯顿

* 此句为一句歌词,出自澳大利亚歌手海伦·瑞迪(Helen Reddy,1941—2020)的歌曲"I Am Woman",这首歌对流行文化和第二波女权运动均造成深远影响,使得她本人也成为女权运动的一大标志;她自己的传记电影《我是女人》在2019年上映。雷·伯顿(Ray Burton,1945—),澳大利亚音乐家和创作歌手。

目　录

慢慢消失的女人　1

被摆在架子上的女人　13

长出翅膀的女人　23

被鸭子投喂的女人　31

发现皮肤上有咬痕的女人　41

以为镜子破损的女人　55

被地板吞下后遇到很多同类的女人　67

点了海鲈特价餐的女人　83

吃照片的女人　91

忘记自己名字的女人　101

随身携带一块表的女人　115

种下了怀疑的女人　125

退换丈夫的女人　137

失去了常识的女人　155

脑袋里长出羽毛的女人　163

将心脏戴在袖子上的女人　175

飞走的女人　185

拥有一套得体西装的女人　193

讲女人语的女人　205

保卫性腺的女人　217

被简单归类的女人　223

跳上马车的女人　233

绽开了笑容的女人　245

总觉得邻家芳草更绿的女人　251

解体的女人　261

挑选樱桃的女人　273

怒吼的女人　281

后记　293

慢慢消失的女人

1

轻轻的敲门声响起后,门开了。拉达护士走进来,带上了门。

"我在这里。"那女人平静地说。

拉达循声在房间里扫视着。

"我在这里,我在这里,在这边,这个位置。"拉达停止扫视之前,女人一直温和地重复着。

拉达的视线太高,注意力都放在左边,她几乎连窗边的鸟粪都看见了,那上面还有三天前被雨水冲刷过的痕迹。

座位上传来女人的一声轻叹,她坐在窗边,从那里可以俯瞰校园。当初来到这座大学医院时,她满怀希望,觉得自己的病会好起来,然而,六个月过去了,她觉得自己像只小白鼠,一会儿被科学家捣一捣,一会儿被医生戳一戳,人们急不可耐地想搞懂她的病情,这种情况愈演愈烈。

她被诊断出一种遗传性疾病,罕见且复杂,体内的染色体将因此逐渐消失。它们并没有自毁或分解,甚至连变异都不是——她的器官功能表现得完全正常;所有的检查结果都表明她健康无恙。简单来说,她在消失,但她其实依然存在。

她是一点一点开始消失的。几乎让人察觉不来。常常有人说"我没看见你在这儿",常常有人错判与她的距离,有人撞到她的肩膀，有人踩到她的脚趾，而这些事情发生之前没有任何预兆。至少刚开始并没有。

她是整个人慢慢消失的。这不是说失去了某只手、某个脚趾，或是一夜之间没了一只耳朵，而是整个人，一点一点地，慢慢消失。她变小了，变成一团微光，像热雾迷离在大路上；变成了几笔模糊的勾勒，闪烁而失焦。如果你睁大眼睛，你会看清那里有个她。而背景和环境不同，清晰程度也不太一样。她很快发现，房间越杂乱，装饰越花哨，人们就越能一眼看见她。而在一道朴素的墙前，她几乎是隐形的。她翻出一些印花的壁纸，把它们当成画布铺设在身后，还用装饰性织物包起椅子，坐在上面。如此，她的身形就会虚化那些纹路，让人不禁眯起眼睛再看一眼。她几乎已然隐形了，但仍旧挣扎着想被人看见。

几个月来，她一直接受着科学家和医生的检查，接受着记者的采访，摄影师想方设法地为她补光、突出她的形象，但没有一位是来治愈她的。这当中从来不乏关心和讨好，但其实，她的困境越严重，那些人就越兴奋。她就这样慢慢地消失着，没人知道原因，世界上最权威的专家也搞不明白。

"你有一封信，"拉达的话把她从思绪里拽出来，"这封信，我觉得你现在应该挺想读的。"

女人瞬间好奇了，不再被纷扰所乱。"我在这儿呢，我在这儿呢，在这儿呢，就在这儿呢。"她还是遵从指示轻声回应着。拉达寻找着她的声音，信封捏在手中发出清脆的声响。拉达将信举在空中。

"谢谢你。"女人说完，接过信封细细打量。信封很精致，淡淡的灰粉色,让她想起小孩子生日聚会的请柬,那种相同的兴奋感从她心底升腾。拉达的样子很激动,这让她不禁好奇。收信并不是什么稀罕事——她每周都能收到全世界寄来的很多信,有毛遂自荐的专家,有想与她交友的谄媚者,有想驱逐她的宗教激进主义者[1];还有一些猥琐男,乞怜地想要把一个始终存在却被无视的女人的肉体当作泄欲的工具。不过她还是承认,这个信封跟其他的感觉有些不同,她的名字被华丽而工整地写在上面。

"我认得这个信封。"拉达在她旁边坐下,激动地说。

她小心翼翼地打开这个贵重的信封。一股暖意,带着某种深深的信念和宽慰朝她涌来。她从信封里抽出一张手写的字条。

"伊丽莎白·蒙哥马利教授。"二人异口同声。

"我想得没错,就是这个!"拉达说着,紧紧握住女人捏着字条的手。

2

"我在这里,我在这里,我在这里,我在这里,我在这里。"女人反反复复地说。在医疗团队的协助下,她要搬去一个新病院,谁也不清楚她又要在那个家住多久。蒙哥马利教授派了一辆豪华轿车过来接她,拉达和几个平日里与她相熟的

---

[1] fundamentalist,也称"原理主义者""基要派",指某些宗教群体严格遵守基本原理,认为宗教内部在近代出现的自由主义神学使其信仰世俗化、偏离本质,提倡对其宗教的基本经文做字面传统的解释,并相信从中获得的教义应该被运用于社会各个方面。——译者注(本书如无特殊说明,所注均为译者添加)

护士陪她上了车。前来送别的咨询师并没有到齐,因为人们已经在她身上花费太多心血,他们以缺席的方式对她的离开表示抗议。

"我坐好了。"她轻声说,随后,车门关了。

3

消失的过程并未伴随身体的疼痛。情感上,那就不太一样了。

年过半百时,她开始从情感上察觉这种消失,但直到三年前她才意识到,身体已经开始消失了。这个过程缓慢,但一步一步地持续进展着。会有人跟她说"我没看见你在这儿",或者"你什么时候溜进来的,我都没听见";再或者,某位同事会中断交谈,把所述的内容给她从头讲起,但其实她一直在场,她已疲于提醒大家她全程从未离席。这种事越来越多,让她越发不安。她开始穿更鲜艳的衣服,染了明亮的发色;她讲话的声音越来越大,公开表达着自己的意见;她走路的时候,每一步都用脚趾很用力地抓着地面;她做了一切能够引人瞩目的动作。她想捏起路人的脸,直接拧过来与她对视。她想大喊:看看我!

最黑暗的那些日子,她一回到家就感到压抑而绝望,完全不知所措。她会看一眼镜子,确认她还存在。她会不断地照镜子,提醒自己这是事实。甚至后来,她在搭乘地铁时也会随身携带一面小镜子,以便在那些几乎笃定自己消失的时刻去照一下。

她在波士顿长大,之后搬到纽约。她一度认为,一座容纳了八百万人口的城市,是寻找友谊、邂逅爱情、发展人脉和开启新生活的理想之地。很长一段时间，事实如她所想，但是这几年，她发现人越多就越孤独，因为在人群中，她的孤独感被无限地放大了。休假之前，她供职于一家跨国金融服务公司，公司共有十五万名员工，遍布一百五十六个国家。她的办公楼位于公园大道，里面约有三千名员工。但一年一年过去，她越发觉得自己被忽视了，没有谁再关注她了。

她在三十八岁那年进入早更。身体常常很热，流下的汗会把床单浸透，有时候一晚上得换洗两次；皮肤也出了状况，常常会在某些特定面料的刺激下瞬间潮红。这些都让她感到窝火。暴躁、易怒和沮丧充斥着内心，那几年，她只想独处。两年时间里，她胖了二十磅[1]，买的新衣服没有一件称她的心意，剪裁也不合身。以前开会的时候，她很自在，而现在如果一场会议里的男性居多，她的皮肤状态就不对劲。开会开到一半或者参加商务午宴的时候，她的脖子唰地一下就变红了，汗滴顺着脸颊流下，衣服也黏糊糊地粘在皮肤上。她觉得好像在场所有男人都发现了这些变化，好像所有人都能看见她的糗态。那段时间，她不想出现在大家面前。她不想让任何人看见她。

她有时会在晚上出门，去看那些年轻漂亮的身体，她们穿着紧身裙和夸张的高跟鞋，一边肆意扭动，一边唱着歌。这些歌她也能跟着哼，毕竟她也和她们生活在同一个星球上。然而，星球上的尘埃已不再为她起落，与她同龄的男人更喜欢看舞池里的小姑娘，没有人把她放在眼里。

即使现在，她还是一个有能力的人，还可以为社会提供价

---

[1] 英美制质量或重量单位。1磅等于16盎司，合0.4536千克。

值，但她自己却意识不到。

新闻报道给她贴上的标签是"正在变小的女人"和"正在消失的女人"。五十八岁时，她登上了各个国家的头条。世界各地的专家专程飞来，对她的身体和心理进行一番探查，却都得不出任何结论，只好空手而归。即便这样，还是有各种论文发表出来，得奖、收获好评、在各自的领域内掀起高潮。

距离上次褪色已经过去了六个月，现在的她，仅仅是一抹微光，身心俱疲。她知道人们很难治愈她。她眼睁睁地看着各路专家乘兴而来，热情地给她做检查，最后黯然离开。看到那些人失落的样子，她的希望也在一点一点被耗尽。

4

科德角半岛的普罗温斯敦镇[1]就快到了。这场新的旅程，于她而言是一份新的希望，但同时她的情绪里也掺杂了几分犹疑与害怕。伊丽莎白·蒙哥马利教授已在病院前等候，病院由一座废弃的高大灯塔改建而来，如今在此地用另一种形式照亮人们的路途。

司机打开车门，女人走下来。

"我在这里，我在这里，我在这里，我在这个方向。"女人一边说，一边观察着教授能否通过声音识别她的位置。

"你在嘟囔什么呢？"蒙哥马利教授皱着眉问。

"之前医院里的人让我这么说的。"她轻声回答，"这样的话，人们就知道我在哪儿了。"

---

[1] 美国马萨诸塞州的一个海滨旅游小镇，常住人口约3,000人，距纽约自驾车程约5小时，距波士顿自驾车程约2小时。

"不，不，不，你来这儿可不用说这些。"教授打断她，语气有些生硬。

听罢，女人觉得被骂了，她开始忐忑不安，刚来不到一分钟就踩错了脚。但她很快意识到，蒙哥马利教授直视着她的双眼，给她肩膀上裹了一条舒适的羊绒毯以示欢迎，还引她一同走向灯塔；同时，司机在后面帮她拿着行李。她几乎已经完全想不起上一次与人对视是什么时候，记忆中的眼神交流只剩和校园里的猫了。

"欢迎来到蒙哥马利照亮女性发展之路的灯塔，"蒙哥马利教授一边介绍，一边带她走进去，"听着有点啰唆，还有点自恋，但我们后来还是用了这个名字。刚开始，我们叫'蒙哥马利女性静修所'，但我很快就把它改掉了。静修就跟隐退似的，听起来有点消极，是一种逃避困难、不想直面危险的行为。它让人退缩、萎靡、习惯于掩耳盗铃，还会与社会脱节。不行，在这里可不行。这里刚好相反，我们进步，我们发展，我们创造价值，我们帮你振作起来，和你一起成长。"

是的，是的，完全同意，她需要的就是这个。不再停滞，不再纠结过去。

蒙哥马利教授带她来到前台。灯塔华丽而空旷，散发着神秘的气质。

"蒂安娜，我们的新客人到了。"

蒂安娜看着她的眼睛，把房间钥匙递给她："欢迎入住。"

"谢谢你。"女人小声地说，"她是怎么看见我的？"

蒙哥马利教授轻轻地捏了捏她的肩："好啦，还有很多事情要做。咱们开始吧，好吗？"

5

首轮沟通在一个看得见拉切波恩特海滩的房间里进行。海浪阵阵拍打，送来湿咸的气息，与房间里的香薰蜡烛相互氤氲，海鸥叽叽地唤着，一切如新。她再也不用闻消毒水的味道，再也不用面对那个牢笼般的医院，她尝试着让自己放松下来。

伊丽莎白·蒙哥马利教授，六十六岁，智慧与阅历并存，有六个孩子，两段婚姻，一次离异，是她在现实中见过的气质最独特的女人。教授坐在一张藤椅上，背后的靠垫看上去厚而绵软，她把薄荷茶倒入茶杯，冰块在里面发出清澈的撞击声。

"依我看，"蒙哥马利教授收了收腿说，"是你让自己消失的。"

"我？"女人抬高了音量，有点生气，刚放松下来的心情又被毁了。

蒙哥马利教授绽开微笑："我不会把责任武断地归于你一个人，你知道这当中有社会因素的影响。我反对的是人们对年轻女孩的过分追捧，把她们塑造为性感符号。我反对人们将注意力一股脑地放在美貌和形象上，让它们成为女性身上挂着的名为'讨好外界'的枷锁。而处在同一个地球上，男性却完全不需要承受这些。"

她的声音让人很着迷，温和而坚定，不含愤怒的情绪，不带谴责，也没有埋怨和伤感。只是完整地表达自己的思想，这便足够了。

女人起了一身鸡皮疙瘩。她坐起来，心怦怦乱跳。她此前从未听过这样的言论，这是她几个月以来第一次听到的唤醒身心的声音。

"你应该也能想到，我遭到了很多男同行的反对。"教授抿了一口茶，撇了撇嘴角，"这是一个让他们不爽，又不得不接受的现实，像一粒药丸哽在喉咙。于是，我就自己行动起来了。你并不是我遇到的第一个消失的女人。"

女人惊讶地张开了嘴。

"我在女性身上做了检测和分析，就像那些专家给你做的一样，但后来我才意识到如何正确看待你这种情况。我长到一定年纪才真正体悟到。

"我做了大量研究，写了很多笔记：女性，随着年龄渐长，开始被社会以一种奇怪的方式遗忘。她们的身影被从影视剧、时尚杂志中一笔抹去，你只能在推销各类抗衰老保健品和化妆品的日间电视广告上看到她们年老色衰的形象，好像女人一辈子的事业就是为了保持少女感。这些听着耳熟吧？"

女人点点头。

她继续说："老女人的荧屏形象成了善妒的女巫，专坏男人和小姑娘的好事；或者变得充满被动，丧失对生活的主导权；而且，一旦长到五十五岁，她们就几乎从电视上消失了，好像从未出现过。针对这一点，我研究发现，女性还会自觉内化这些所谓的'现实'。我的学说被贬低为女权主义者的咆哮，但我并没有咆哮，这仅仅是我的观察。"她又抿了一口茶，看着这个慢慢消失的女人正在慢慢消化她说的话。

"你之前见过像我这样的女人？"女人脸上依然挂着惊讶的神情。

"前台的蒂安娜,她两年前来这儿的时候,跟你的情况一模一样。"

女人继续倾听着。

"你进门时看到的是谁?"教授问。

"蒂安娜。"女人回答。

"还有谁?"

"你。"

"还有呢?"

"没人了。"

"再看看。"

6

女人站起身,走向窗边。她看见了大海、沙滩,还有一座花园。她停顿了一下,接着看见门廊的秋千上闪着微光,旁边隐约有个一头黑色长发的身影,正面对着大海的方向。园子里,一个女人正蹲在那里种花,周身散发着彩虹色的光晕。她看得越仔细,就越能看到处于不同消退阶段的女人们一个接一个地出现,就像夜空中的星星,越是定睛观看,显现的就越多。她发现这里有无数个女人,她刚到灯塔时就已经从她们中间经过了。

"女人也需要看见女人。"蒙哥马利教授说,"如果我们不关注彼此,如果我们不关注作为女人的自己,我们还能指望谁呢?"

教授的话掷地有声。

"你周围的声音告诉你,你不重要,你不存在,于是你被规训了。你任由这些话渗入毛孔,由内而外地蚕食着你。你告诉自己你不重要，对此深信不疑。"

女人惊讶地点点头。

"那你现在有什么必须要做的事呢？"蒙哥马利教授用双手捧住杯子，紧紧盯着女人的眼睛，像在跟她体内尘封许久的另一个自我对话，在向它发射信号，传递信息。

"我必须相信，我会再次出现。"女人的声音听起来很沙哑，像很多年没开口说过话一样。她清了清嗓子。

"不止这些。"蒙哥马利教授鼓励道。

"我要相信自己。"

"这个社会一天到晚都在说要相信自己，"她不屑地说，"说起来容易，而且这话都快说烂了。你必须相信的，具体指什么呢？"

她想了想，是啊，不能只是给出一个正面答复就作罢，她想相信的究竟是什么呢？

"指的是，我很重要，人们需要我，我有我的价值，我的可用之处，我可以效力的领域……"她低头看着她的杯子，"性感。"她慢慢地感受着鼻腔里的每一寸呼吸，重拾自信。"我值得人们期待，我还有潜能挑战一些新的东西，并对此有所产出。我还是一个有趣的个体，我的人生不是在这个阶段就到头了。人们还能意识到，我就在这里。"她用力说出最后这段话，声音如茶杯乍破。

蒙哥马利教授把杯子放在玻璃桌上，握住女人的双手："我知道你在。我看得见你。"

那一刻，女人确信，她的人生会重新上色。路就在眼前，而她要迈出的第一步，就是从关注内心开始。之后，她在意的东西便会接踵而来。

被摆在架子上的女人

1

那是二人初次约会后不久的事。当时她二十六岁,感觉生命中的一切都闪闪发光,充满新意。她早早下班,开着车去见她的新恋人,无比兴奋,在路上就开始为下一次见面做起了倒计时。到那儿之后,她发现,罗纳德正在他家客厅的墙壁上敲敲打打。

"你在干什么呢?"她被他紧张的表情逗笑了,这位事事都亲力亲为的新男友,现在油腻腻、脏兮兮的,一脸坚定的神情。她觉得他这个样子更可爱了。

"我在为你造一个架子。"他终于停下来看了她一眼,很快又继续钉钉子去了。

"一个架子?!"

他还在钉钉子,接着检查架子的平衡。

"这就是你说的,想让我搬进你家,以这种形式?"她笑了,怦然心动,"那我想,你应该给我准备一组抽屉,而不是一个架子。"

"是啊,我当然想让你搬进来,马上就搬。而且我想让你辞职,然后坐在这个架子上。如此一来,人人都能看见你,大家就能以这种形式仰慕你,从我的视角看见世界上最美丽的女人。你连一根手指都不用抬,什么也不用做,坐在这个架子上感受爱意就好。"

她的内心膨胀起来,眼里全是满足。第二天,她就坐上了那个距地面五英尺[1]的架子,它位于客厅背景墙的右侧,紧挨着壁炉。这里是她和罗纳德的家人朋友们初次见面的地方。大家在她身边团团围站着,端着酒杯惊叹罗纳德的生命中出现一个全新的佳人。架子隔壁是餐厅,人们坐在餐桌旁,她虽然无法目及所有人,但还是能听到他们的交谈,她依然有着参与感。她觉得自己悬在空中,俯视人群——被他的朋友们仰慕和珍视着,被他的母亲敬重着,被他的前女友们嫉妒着。罗纳德会自豪地抬头看她,满脸的神采飞扬说明了一切:这属于我。她被青春和欲望灼得明艳动人,在他的奖杯陈列柜旁熠熠生辉。那些奖杯纪念了他年轻时的足球赛,还有他近期高尔夫球赛的一次次胜利。陈列柜上方挂着一块带着黄铜牌匾的木板,一条棕色鳟鱼[2]被架在上面,这是他与父亲和兄弟在外捕到的最大的鳟鱼。为了打造这个架子,他把鳟鱼挪开了,以此显示她才是他生命中更为珍视的对象。她的家人朋友前来探望时会感到放心,她是安全的,如被茧裹一般。她被崇拜着,更重要的是,被爱慕着。

对他来说,她是这世上的第一要务,他生活的点点滴滴都围绕着她。他对她百依百顺,在她身边忙得团团转。他想让她一直待在那个架子上,不过,除尘日例外。除尘日是他眼中一

---

[1] 约1.5米。
[2] 英国(非正式)文化中,鳟鱼象征老人,尤指令人不快或失去魅力的老女人。德国诗人舒巴特(Christian F. D. Schubart)在其创作的诗歌《鳟鱼》(*Die Forelle*)中描述了天真的代价,同时表达了对失去自由的同情。

切要务被放大的时刻,这一天,他会仔细检查所有的奖杯,把它们擦亮并抛光。当然,他会把她从架子上抱下来,将她平放,与她做爱。她也会闪闪发亮、光彩照人,焕发出新的生命力,接着,她会重新爬上架子。

他们结婚了,她辞掉了工作,在家带孩子。她坐在架子上,把孩子抱在臂弯里照顾着,如此度过无数个不眠之夜。她看着孩子们在她身下的地毯上安睡,在游戏围栏里欢笑和生长。罗纳德喜欢架子上只有她一人,因此他雇了专人负责育儿,以便她拥有自己的空间,留在他为她一手打造的宝地。这样他就不会失去那些她需要分给孩子的精力,这段特别的关系就能恒久不变。她也听到过相关的说法,说一些夫妻有了孩子后关系就会开始破裂,婴儿一出生,丈夫就倍感冷落。她不想面临这种情况,她想在他身边一直感受宠爱。架子是属于她的地方。她从架子上体会到浓浓的存在感,正因为她处于家中的这个位置,大家才一直仰视她。

直到后来,距她第一次爬上架子已过去 20 年,孩子们也已经长大离家后,孤独感袭来了。

2

实际上,是伴随着一件忽然发生的事。

是由电视的摆放角度引发的。她看不到罗纳德在看的内容了。之前,她从未受此困扰,一直以来,她看着孩子们看电视的脸,就已经很满足了,她并不关注电视里在放些什么。但现在,沙发空了,整个房子一片安静,她需要分散注意力,需要一个逃避现实的出口。她需要陪伴。罗纳德新买了一台贴墙的平板电视，它无法调整角度。一切就像她的子女那样，倏然离开了她的视线。接着，是罗纳德组织的聚会，没有邀请她，也没有告知她，就在她身边开始了。聚会上都是她从未见过的人，还有一些让她生疑的女人。这些事就发生在她自己的家里——在她眼皮底下，和以前无异。

她坐在上方，看着他的生活在自己身下每日继续，好像房里没有她这个人，好像他的生命里没有属于她的那部分。她会用微笑来掩饰困惑，会试着紧跟大家的节奏，想要融入进来。但人们已经听不到她从架子上发出的声音，也厌倦了抬头看或提高音量。大家继续享受着聚会。罗纳德会忘记为她续杯，忘记看她一眼或者介绍她。他好像已经忘了她在那里。之后，他扩建了房子，工程完成后，厨房延伸到了后花园，所有的聚会和晚宴一下子都挪到了那里。摆电视的房间曾是这个家的正式场合，是中心所在，如今成了一个安逸的小窝，失去了它的高贵庄严。这一刻，她觉察到自己不再是他生命中的一部分了。

3

今天是个周六，她独自挨到夜晚，白天一整天他都在外打高尔夫球，孩子们则在各自的生活里奔忙。

"罗纳德。"她说。

他躺在沙发里，看着她看不到的内容。他发出一点声响作为回应，但并未抬眼看她。

"我觉得这里有点不太对劲。"她听到自己声音在颤，她感觉胸口发紧。

当初你抱我上来，是为了让所有人都看到我，成为一切的中心,但是现在……现在一切都在我没有参与的情况下进行,都在我的视线之外。我感到好脱节。

话到嘴边,她说不出口。仅仅是这样想想就让她害怕。她喜欢她的架子,待在上面让她感觉很舒服。这架子是属于她的地方,是她过去从未离开过、未来也将一直停留的地方。他把她抱上架子,是为了免去她生活中所有的纷扰与责任,是为她着想。

"你还要一只枕头是吗?"他问,接着从手边拿起一只枕头扔向她。她接住枕头,看着它,接着惊讶地看向罗纳德,怦怦乱跳的内心有某种东西在作痛。

他随后站起身来。

"我可以给你新买一只比这个大的。"他说着,把电视机调成了静音。

"我并不想要什么新枕头。"她说得很平静,这样的回答也吓了她自己一跳。搁在平时,她是喜欢这些物件的。

他好像没听到她的声音,或只是有意地忽视她,她搞不清楚。

"我出去几个小时,待会儿见。"

4

她眼睁睁地看着房门关闭,听到汽车引擎发动,空留一地震惊。暗流涌动多年,这一刻她才恍然大悟。现在,所有细微的迹象同时袭来,击中了她,差点让她从这个小窝掉下去。他把她放在这个架子上,将她视若珍宝,百般宠爱;他想保护她、展示她,如今所有人都看到她了,都表达了羡慕之情并且祝贺他取得的成就,但到头来也就这样了。现在,她只是家具的一部分,和他那些奖杯一样,成为一个架子上的饰物,被藏入一个陈旧舒适的小空间。她甚至对上一次的除尘日没什么印象了,他有多久没有放她下来为她打磨抛光了?

她很僵硬,她第一次意识到这种感觉。她得活动活动身体,舒展一下。她需要一个空间生长。她耗了这么多年,坐在上面,饰演着罗纳德的成就、罗纳德的战利品,以至于再也搞不清她对自己意味着什么。这个局面,她不能怪罗纳德,是她心甘情愿地爬上这个架子,满怀私心地渴求关注、赞美、嫉妒和仰慕。她喜欢自己焕然一新的样子,喜欢人们为她喝彩,喜欢归他所属的感觉。但她太愚蠢了。愚蠢的点不在于追逐这些美好,而在于把它们当成唯一的追求。

她思绪纷乱,而那只她一直抱着的,让她舒适自在的枕头,此刻从怀中软软地滑落,在毛绒地毯上发出轻轻的声音。她盯着地板上的枕头,思绪开始清晰起来。

她可以挣脱这个架子,她还能下地走路。毋庸置疑,她一直保留着这个能力,属于她的那份自我一直在体内天然留存着,只是或隐或显。为什么会有人抛开种种自我,任由它们在外迷失?这些充满冒险的新想法,加快了她的呼吸,堵在嗓子眼的灰尘让她咳嗽了一声,这是她第一次听到从胸口发出的喘鸣。

她没空理会这些灰尘。她放低自己,将一只脚踩在下方的扶手椅上,罗纳德以前就坐在这里,把她的双脚握在手心看电视——直到后来,一台新的平板电视被装了上去。她扶着墙让自己站稳,棕色鳟鱼此刻与她近到触手可及。而就在下一刻,她那只穿着袜子的脚在椅子扶手上打了滑,她惊慌失措,一只手迅速伸出,想抓住一个可以停靠的东西,接着,她握住了鳟鱼张开的大嘴。在她的体重作用下,鳟鱼开始在墙面上摆动。这么多年,这条鳟鱼就靠一颗钉子挂在墙上,真是太脆弱了。如此重要的物件,你还以为她的丈夫会为其提供一个更安稳的环境呢。一想到这个,她笑了。鳟鱼晃了几下,从钉子上挣脱,她也同时掉落在扶手椅上。一头栽进椅子时,她看到墙上的鳟鱼砸向了下方的玻璃陈列柜,柜子碎了,那些足球和高尔夫球奖杯开始无处栖身。碎片纷飞,哗啦作响,一瞬间大厦倾颓。随后,是一段长久的静默无声。

她紧张地笑笑,打破了静默。

接着,她将一只脚慢慢落向地面,再落下另一只。她站了起来,感觉僵硬的关节正在撕裂一般地展开。这块地板已经被她注视了很长时间,在她眼中再熟悉不过,可双脚触及时却感觉如此陌生。她在毛绒地毯上抻缩着脚趾,像植物一样在纤维之间寻觅,然后踏实地在这片全新的土壤上扎下根来。她环顾四周,眼前的房间显得无比陌生,她的视角有些不太一样了。

顷刻间,她意识到,该为自己的新生活做点儿什么。

5

罗纳德从酒馆回到家,发现她手里正握着一支高尔夫球杆,那是他最好的一支。他的足球和高尔夫球奖杯都倒在地板上,上面全是玻璃碴。棕色鳟鱼那毫无生气的双眼,从一地狼藉中直勾勾地望向他。

"上面都落满灰了。"她屏住气说着,同时朝木架子挥了挥杆。

感觉真不错,她又挥了一次。

木架子裂开了,碎屑飞得到处都是。她闪过身,他则害怕地缩起了脑袋。

罗纳德慢慢松开双臂,露出了脸。看到他惊恐的表情,她忍不住笑了。

"以前,我母亲总是把她那些漂亮的包放进防尘袋,储存在衣柜当中,期待着在特别的场合拿出来用,但它们只会一直尘封于此,直到变成废物。那些美丽的、珍贵的东西,始终没见过白天的光亮。其实,她完全可以将其挎在手上,让自己每天都绽放光彩。她说我不够珍惜事物,说我应该对自己的东西更上心一点。但如果她现在在场,我会告诉她,她完全错了。她应该欣赏那些每日出现在身边的事物,正视它们的价值,让它们释放最大的能量。但她并没有这么做,她只是将那些潜能封锁在角落里。"

罗纳德的嘴巴一张一合,说不出任何话。他看起来像那条鳟鱼,它曾一度被他钉在架子上,眼下已在地板上摔得稀碎。

"所以,"她再次把杆子挥向墙面,坚定地说,"我会在地面上稳稳地待着。"

至此,尘埃落定。

长出翅膀的女人

1

医生说是激素的刺激。就像她两度生产之后,从下巴偶然长出的那些毛发。随着时间推移,她背部的骨骼开始从皮肤下凸起,像树枝一样从脊柱伸出。医生建议她做个 X 射线检查,但她没有去,也没有理会骨密度和骨质疏松症的警告。她发觉自己的身体并没有日益虚弱,反而有一种不断生长的力量,自脊柱蔓延开来,接着在双肩拱起。在家中私密的空间里,丈夫会用手指勾勒出她背部的骨骼线条;独处时,她会脱光衣服,站在镜子前研究着身体的变化;侧身时,她可以看到肩部皮肤下凸显的形状。当她鼓起勇气走出家门,她会想,多亏有松松垮垮的黑加布[1]来掩饰这微妙的生长。

要不是那股巨大的力量正在体内膨胀,她想她应该会害怕她身上出现的这些变化。

她来这个国家的时间还不长,学校里别的妈妈常常会装作不经意地打量她。每天和一群人聚集在校门口时,她都会内心发毛。随着校门映入视线,她不禁屏住呼吸,加快脚步;她会压低下巴,眼睛瞥向一边,把孩子们的手攥得更紧。这座小城真不错,人人都觉得自己懂礼貌、有教养,所以很少有评头论

---

[1] hijab,穆斯林女性用于包裹头部和颈部的披巾。

足的事出现。不过，大家会通过营造的氛围来传递看法，沉默会如言语那般黑云压城。她能觉察到那些用余光完成的凝视和令人忐忑的缄默，她选择直面这种压迫感。而与此同时，小城中悄然制定的计划和条例，会让她这样的女人和像她这样着装的女人，在此地的处境愈发艰难。校门是孩子们的保护门，而这些妈妈都是自己孩子的守护者。要是她们能够明白她们与她有多少相同之处就好了。

不断出台的各类文件让她和她的家人处境艰难，就算不是那些妈妈在其中推波助澜，那些从事类似工作的人也难逃其责。当然，还有她们的另一半。想象一下，他们打完几轮网球，喝完茶，结束了冲凉，然后回到工位上，开始执行各类规章制度，以阻止难民和移民入境本国。这些良民君子，这些端着卡布奇诺、打着网球、一上午泡在咖啡里的募捐者，比起人道与仁义，他们更关心读书周和面包何时打折。他们读了不少书，当小说中外星人入侵的桥段发生在真实生活中，他们很快便警觉起来了。

2

一起走在路上时，她感觉儿子在看她。她的家人把这个儿子称为"战争小孩"，他出生在战争当中，他生活的方方面面都被苦难消耗着：缺钱、缺朋友、内心敏感。他似乎一直生活在焦虑中，总是精神紧张、瞻前顾后，又想向前看，又担心下一秒会遇到什么糟心事，他的伙伴也许会对他做出什么可怕的、令他人格受辱的事。这便是他与玩偶匣[1]相伴的无情生活。他随时绷着一根弦，很少表现出孩童该有的松弛和放肆。她朝着他

---

1 jack-in-the-box，揭开匣盖会弹出来玩偶的盒装玩具。

微笑，努力抹去自己的丧气，尽量不把那些负能量传递给他。

相同的一幕在每个工作日的早晨上演，又在接孩子的时候重现。她的焦虑愈演愈烈，也触弄着她的"战争小孩"体内的神经。与此同时反复上演的还有她去超市时听到的侮辱性言论，还有她那高级工程师丈夫向别人证明自己实力远胜清洁工和各类基础劳力时的保持教养又抓耳挠腮的模样。她曾听过一则传言，称加拿大的清真寺并非面朝麦加的方向，而是会倾斜几度。可以说，这会让人伤感。但伤感之余，她也想到那个理论，说地轴同样是倾斜的。如果可以，她真想飞入太空，修正这颗星球的中轴线，这样，它便会不偏不倚地旋转了。

丈夫对眼前的一切都充满感恩，可这只会加剧她的愤怒。拼尽全力工作却还要如此感恩，就像鸽子啄食路人扔向地面的碎屑那样，凭什么？

她带着小女儿和儿子没走多远，学校就到了。她打理好状态，只是后背还在抽动。丈夫轻柔的按摩会缓解疼痛，但它还是发作了一整夜。她等他睡熟之后，挪到了地板上，以免扰醒他。虽然是不断的抽动和疼痛，但疼感有时会加深。她注意到，只要心中的愤怒多一分，疼痛就会跟着多一分，而当某个瞬间，需要强压盛怒以免引爆全场时，她会明显感觉到一股强烈的颤动。

3

她还是拗不过丈夫，去医院检查了背部出现的变化。这种小灾小病，实在不值得浪费这么多钱，所以她放弃了之后的随访预约。这个家需要存好每一分钱，以备不时之需。此外，这种阵痛让她忆起两度怀孕的感受，那并不是疼痛在恶化，相反，是体内的新生命在绽放。不过只有这一次，她觉得这颗生命完全属于她，正在不断地滋养着她。

她一站直，背部便感到沉重，她只得再次弓起背来。校门就在眼前，妈妈们成群地站在门口聊天。其中有一些善意的眼神，她还收到一声你好，一声早安。有的人根本没注意到她，她们匆匆闪过，满脑子都是密密麻麻的日程表，她们习惯于陷在沉思中无法自拔，乐此不疲地制订计划，总是想着跟自己较劲。这类人不会让她不爽。不过，有一类人会，就是那群人。背着网球包，白裙子绷在两瓣翘臀和安全裤上，每一块肉都被织物紧紧裹住，在纤维的纵横交错中拼命地寻觅出口。就是那群人。

其中一个妈妈注意到了她。她们讲话时嘴唇几乎一动不动，活像个口技演员。这边有个暗中观察的，那边还有一个。这会儿口技演员越来越多，但天赋都不怎么样，她们一边窃窃私语，一边直接看过来。这便是她每日重复的真实生活，她就像实验室里的小白鼠，一举一动都在被人观察着。她并不属于这里，她永远无法改变这一点。

她今天早上迟到了，然后她开始生自己的气。倒不是气她的孩子会迟到几分钟，而是气自己在最凶险的那几分钟赶到。妈妈们已经将孩子送进课堂，开始围在大门口消磨时间，聊得无比热闹，商量着什么时候接送孩子上下学、哪天约着小朋友们出来聚一聚——当然，不会邀请她的孩子。她看着她们堵在这条去学校的必经之路上，这条小路这样狭窄，挤得她要么只能带孩子从墙根一侧贴着走，要么只能擦着那些脏兮兮的家庭越野车走。或许，径直穿过呢，她可以径直穿过她们的。但这样一来，肯定要引起她们的注意了，可能还得跟她们聊两句。

面对眼前这个无聊的女人堆，她迟疑不决，同时，心中的忧惧也愈演愈烈，她对这样的自己感到很生气。为了逃离一个饱受战争蹂躏的国家，她并没有把所爱的人和物统统抛下不管。她的行囊里装着必备的衣物，而旧生活已经一无所有。她坐进拥挤不堪的气垫船，看着海浪在脚下张牙舞爪地推涌，孩子们用颤抖的小手紧紧抓着她，在寂静和幽暗中企盼着海岸线的到来。为了这份企盼，所有人闷在没有一丝光线、氧气稀薄的集装箱里，忍受着饥肠辘辘和角落的垃圾桶散发出的排泄物的阵阵恶臭。她的内心感到忧惧——这已经不是第一次忧惧了——因为她已经封死了孩子们的命运，用这个决定给孩子们挖好了坟墓。难道她遭了那么多罪就是为了让眼前这群女人挡住她的去路吗？

4

她背部的抽动越来越厉害，自脊柱下方一直蔓延到肩膀。这是一股刺痛，痛的同时伴随着一种奇特的宽慰。就像临盆时的宫缩一样，一阵一阵的，但强度始终在推进，就像海浪推涌的庞大力量。

她走近这群女人，她们停止了交谈，转向她。小路被她们堵得死死的，她得开口叫她们挪一下。这挺傻的，但情况就是这样。她的背太痛了，痛得她没法开口说话。她感到血液直冲头顶，耳膜传来咚咚的心跳声。她感到背部皮肤充满张力，不断收紧。她觉得自己要被撕裂，要临盆了。种种感觉告诉她，生命即将到来。她抬起下巴，挺起身子，直视着这群女人的眼睛，怕什么呢，没什么好怕的。她察觉到一股汹涌的能量，一种盛大的自由。有些东西，这群女人是无法感同身受的——

她们又如何感同身受呢？她们的自由从未面临过威胁，她们从未感受过被战争践踏的切肤之痛。她们想象不来，鲜活的生命怎么就成了一个个幽灵，思想怎么就被锁入了一间间牢房，还有自由，自由怎么就成了一个可笑的空想。

她感到后背的皮肤在越拉越紧，不断撑大黑色罩袍[1]细密的纤维。一道撕裂声随之而来，她发觉后背有一股风。

"妈妈！"儿子睁大双眼，抬头看着她问，"发生了什么？"

总是担心下一秒会发生什么，总是这样。她把他交予自由，但他依然身处笼中，她看得见，在他身上，她每天都看得见。女儿呢，没那么严重，她还小，适应得更快些。不过，真相总会心照不宣地暴露在两个孩子的眼前。

罩袍完全撕开了，后背传来一股炸裂般的冲击力，她感觉自己被拉了起来。随着这股力量，她双脚腾空，随后再次落地。她带着孩子们和她一起。

儿子表现得很害怕，女儿则咯咯地笑着。那群背着网球包的女人惊恐地看向她。在她们身后，她还看到一个女人，女人独自匆匆走出学校，又停下来笑了，捂着嘴巴，神情中流露出惊讶和欣喜。

5

"哦，妈妈！"她的小姑娘喃喃地说，接着放开了她的手，围着她转，"你长出了翅膀！好大好美的一双翅膀！"

女人看向自己的肩，真的是一双翅膀。瓷白色的羽毛，雄

---

1 abaya，穆斯林妇女穿的罩袍，遮住双脚之外的其他身体部位。

伟壮观。每只翅膀都铺满了成千根羽毛,翼展有七英尺[1]宽。她发现,背部的肌肉只要一张一弛,就能控制这对翅膀,原来这段时间她的身体一直在为飞翔做着准备。还有那些初级飞羽[2],在她的指尖铺满。女儿高兴地大喊,儿子则紧紧抱住她,对那些盯着他们看的女人露出一副警惕的样子。

她放松肌肉,将翅膀收向身体,然后围住她的孩子,把他们紧紧地裹起来。她低下头,和孩子们蜷在一起——只有他们三个人,被白色羽翼裹住,感觉到源源不断的温暖和愉悦。女儿还在傻笑。女人看着儿子,他羞涩地笑了,折服于这个奇迹。是安全感。是千寻百觅而得的珍宝。

慢慢地,她再次展开翅膀,让它们完完全全地舒展,她把下巴扬在空中,像一只老鹰终凌绝顶,骄傲,涅槃。

那群女人依旧堵在小路上,她们太震惊了,挪不动道。

女人笑了。母亲曾告诉她,到达终点的唯一方法便是风雨兼程地走。母亲错了,她还可以飞上云端,始终可以。

"抓牢了,宝贝们。"她感觉到孩子们充满信任地握紧了她的手,再也不会松开。

她的翼展无比宽阔。

两双紧握的小手,是她需要的一切动力。一切为了她的孩子,从来如此,未来也将如此。更好的生活,幸福的、安定的生活。

我们理应拥有这一切。

她闭上双眼,深深吸气,感受着自己的能量。

她带着孩子,一起向天空飞去,向上飞去。

---

[1] 约2米。
[2] 附着于鸟翼末端的飞羽,生长在鸟的前肢处,相当于人的手掌位置,具有控制方向的作用。

被鸭子投喂的女人

1

每到工作日的午餐时间,她都会坐在公园的长椅上。同一条长椅,同一座公园,就在湖边。身下的木头长椅很冰冷,她骂了一声,站起来,把外套扯到屁股后面,然后重新坐好。多垫一截儿衣服会让她舒服一点。她拿出卷好的火腿奶酪包,把锡纸在大腿上铺开。番茄压碎了,汁水渗出来,面包变得软黏黏的,这搞得她有点崩溃。

"去死吧番茄,真讨厌,赶紧去死。"

在职场,她可以不跟那些让人忍无可忍的同事计较;她甚至还能忍受今早公交车上坐在她旁边的恶心男,他一路都在抠鼻孔,完全当隔壁没她这个人。但是,她就是受不了这番茄。这烂番茄对她来说简直是雪上加霜,奶酪和火腿已经完全够了,番茄加进去只会把面包搞成一团糨糊,奶酪被弄化了,全部粘在面包上,像一坨扯不开的疙瘩。

"垃圾番茄。"她嘟囔了一句,然后把面包一整坨撇在地上。叫鸭子吃去吧。

2

每次午餐时间,她都会到这座城市公园里来。她的办公室离这儿不远,那里充斥着股票、交易,还有傻帽同事们。只有这条长椅最安静，它位于一切喧嚣之外。她到这里来是为了喂鸭子，一边投喂，一边念叨那些惹她烦躁的人。老板呢，是个蠢猪，同事天天痴人说梦，还有股市，老是动荡不安。她发泄着自己的怨气，而喂鸭子成了她的发泄口。

午休时段，她大部分的同事会去健身房，在那里待上三刻钟，然后精神抖擞地回到工位上，浑身散发沐浴液和止汗剂的味道，在睾酮[1]的作用下，意气风发。而她更喜欢新鲜空气和宁静，至于天气的好与糟，都无所谓。她需要发发牢骚，她得吼出来。每扔一块面包，就丢掉一份烦恼，退去一分怨气。只是，这样有用吗？她不太肯定——有时候，脑子里想的话，堵在嘴边，又没说出口，会让她焦躁不安——那些切实有效的观点，她在办公室的时候就应该提出来。

她盯着那坨被撒在地上的面疙瘩，几只鸭子在争着啄食、为它打架，但并没有达到她预想中会引起的全面战斗，这无非证明了这面包确实很倒胃口而已。

3

"你应该把它撕成碎屑的。"一个男性的声音打断了她的思绪，她惊讶地看看周围，发现只有她一个人。

"谁在说话？"

"是我。"

她的目光落向一只绿头鸭，它在一旁独自站着，和那群争面包吃的鸭子离得远远的。

---

[1] 一种类固醇激素，分泌于男性睾丸或女性卵巢，可维持肌肉强度与质量、提神及提升体能等。

"嘿,"它开口了,"看你脸上的表情,我估计你能听到我说话吧。"

她张开了嘴,但没发出声。

"好吧,希望你有个愉快的一天。"他说着,摇摇晃晃地朝湖面游去。

"等一下!回来!"愕然之余,她猛地回过神来,"我给你点面包!"

"不必了,谢谢。"他嘴里说着,又摇摇晃晃地朝她走过来了,"你不该给鸭子喂面包的,剩面包里的水分会变质,会长细菌,会增加禽类患病的风险。就算不考虑这些,它也不是什么有营养的东西。给鸭子吃的食物我比较推荐解冻豌豆、玉米或者燕麦。是这类东西才对。"

她怔怔地看着他,完全忘了开口说话。

"你别见怪,你还是很可爱的。但是呢,白面包确实是最垃圾的,它没有任何营养价值。听说过天使翼[1]没?"

她摇摇头。

"没想到吧。就是因为饮食当中营养不均衡,鸭子翅膀就会畸形,飞不起来,甚至完全废掉,就是你理解的那样,一整个废掉。"

"天哪,真不好意思,我以前真不知道这个。"

"没事。"他打量着她,饶有兴致,"介不介意我跟你坐一起?"

---

1 一些专家认为,营养不良会导致禽类长出向外突出的畸形翅膀,无法折叠和飞行。天使翼在一些公园相对流行的原因,经常归咎于面包。

"当然不。"

他飞到长椅上:"又被工作搞得闷闷不乐了?"

"你怎么知道的?"

"你每天都来这儿啊。该死的科林,该死的彼得,该死的国际市场,该死的瘦身世界[1],垃圾番茄。"

"你都听到了?"

"我们都能听到。每次你的脚步声传来,我们马上就充满戒备。你怒气冲冲地朝我们扔面包,跟丢手榴弹似的。"

"真抱歉。"她咬着嘴唇回应道。

"没事。我们发现,虽然这种事得让我们保持警惕,但它确实能为你带来好处。"

"理解万岁。"

"不管怎么说,我们都是人嘛。"他说。

她一脸迷惑地看着他。

"我这么说,是作为鸟类迎合一下你。"他笑着说,"但说真的,每个人都需要一个让自己放松的地方。一个让自己感觉安全的地方。"

她打量着他:"你是这样的吗?"

"当然是啊,塞内加尔[2]有一片河流非常棒,我会去那里过冬。我在那儿遇到了一只可爱的小针尾鸭[3],我们一起看日出、等日落,在河边消磨时光。那就是属于我的地方。"

---

1 Slimming World,一家于1969年创立的总部位于英国德比郡的减肥组织。
2 Senegal,西非国家,位于塞内加尔河下游左岸,西邻大西洋。距英国约4500千米,航空飞行时间约5小时。
3 pintail,一种在英国不太常见的水鸭,主要出没于冬季,大多聚居在固定河岸。

"听起来好美。"

"真的很美。"

她和他无声地并排坐着。

"我们转换一下角色怎么样?"他突然问道。

"你想让我飞去塞内加尔吗?我可说不准我能演你那只小针尾鸭。"

鸭子大笑:"咱们对调一下投喂方式吧。"

她傻笑着说:"你是准备给我扔面包吃吗?"

"某种程度上,一种精神食粮吧。"

"好。"

"其实,倒也轮不上我来说这个,所以我从未开口提过,但你今天看起来挺愿意听我聊这个话题的。你看起来不高兴,压力很大,一副郁郁不得志的样子。给我的感觉就是你特别讨厌自己的工作。"

"我喜欢我的工作。当然,如果办公室里空无一人的话,我会更爱它。"

"哎,那你看看,你现在在跟谁聊天呢?是不是整片池塘只剩我一只鸭子,你的日子就更好过了?告诉你吧,我在这里看着人来人往打发时间,早就注意到你了。你不是很擅长跟人相处。"

"照你这么说的话,我也不擅长跟鸭子相处。"她说着,尽量不冒犯到对方。她一直以为自己是个挺好相处的人。从不插手别人的事,从不咄咄逼人,从不与任何人发生冲突。

"这次之后,你会跟鸭子和谐相处的。至于人嘛,你应该告诉科林,让他相信你的直觉,让他明白在达蒙·福尔摩斯账户这件事上你是对的,情况恶化跟你没关系,跟日本地震更是完全无关。"

她点点头。

"告诉保罗,不要再在开会的时候打断你了。告诉乔纳森,你一点也不喜欢那些龌龊的邮件,驴都不会对你做出这种事。告诉克里斯汀,如果她不把你丈夫是她初恋这件事说个没完,你应该不会这么排斥'瘦身世界'。她可能得到了他的处男之身,但你得到了他的心。同样,告诉你丈夫你不喜欢番茄。其实他是觉察到你的压力才加到面包里的,这是他在用自己的方式让你好过一点,但他没想到这面包放到中午就会变成一坨湿疙瘩,更没想到这湿疙瘩会让你有多烦。"

女人点着头,全神贯注地听着。

"别总在这儿憋着,然后恶性循环了。直面它,解决它,不急不躁,你这是在自救。和人聊聊天吧,用成熟一点的方式。下次见你的时候,希望你能够单纯地享受喂鸭子的乐趣。"

她微笑着说:"燕麦、玉米和豌豆。"

"这些就好。"

"谢谢你,鸭子。谢谢你给的建议。"

"小事。"他说完,从长椅飞落地面,摇摇晃晃地游回湖中。"祝你好运。"他加了一句,接着向湖心游去,碎面包从其他方向飞来,砸向他的头,他小心地躲避着。

4

女人站起身,感觉晕晕的,于是又赶紧坐下。鸭子的有些话还是戳中了她的某根神经。

别总憋着，跟人聊聊天吧。

她以前也听过这些话，但那是很久以前了。印象里童年好像天天都在听人说这些话，妈妈在儿童聚会上会说，爸爸不管带她去哪儿也都会说；老师会说；她偶遇的每一个成年人也会说。以至于她小小年纪便决定，以后就走好自己的独木桥吧。成年之后，唯一一次听到这些话，是在男朋友那里，很快，男朋友就成了前男友。不过他的原话是：别总憋着，跟我聊聊天吧。

一直以来，她都隐藏自己，从不想与人交谈。孩童时期，开口说话会让她感到害怕，因为她知道，她想说的那些话都得不到大人的准许。大人们想让她做个正常人，言谈举止别像个异类。但其实哪有什么绝对寻常的事情，她只是不能将那些都点破。如果不能开口点破真相，那她真的无话可说，游戏的名字就这样演变成了逃避二字。曾经，只有一个人真真正正懂她，从不发表那些大人的言论。想到他，她的眼睛就湿湿的：外公。

父母的婚姻总是变化无常。她是独女，无论何时，每当家里开战，外公都会过来接她，开车带她兜风。他会和她聊天，一桩桩，一件件，琐碎的，天真幼稚的。在他的陪伴下，她感到很安全，没错，只要他在，她就是安全的。她喜欢闻他羊毛开衫的气味；喜欢他摘下假牙套举在她面前一张一合地说话，逗得她放声大笑的样子；喜欢自己小小的手在他宽厚的、布满皱纹的掌心里自在摩挲的感觉；喜欢他总是散出阵阵烟香的蜡质夹克。她喜欢离那座房子远远的，最好是有人能带她走。她总感觉，他是来解救她的，因为他总在她需要的时刻像变魔术一样出现。但直到现在她才意识到,他的出现,极有可能是因为妈妈发出了求助信号。这么多年,她一直在用同样的视角看待同一件事,如今才突然看清了其中的真相。和外公在一起时,他会帮她忘却那些担惊受怕的记忆。与其说他照亮了她心中的那隅黯淡,更应该说,他帮她忘记了那隅暗角的存在。

他不会逼她解释任何事情。他都懂。他也不会跟她说别隐藏自己,因为他会帮她找到出口,而这个童年时期的出口,成了她长大以后的藏身之地。

5

他以前也带她来喂鸭子。

喊叫声、殴打声、辱骂声、泪水,当这些出现时,他便会来。听到汽车喇叭声,她会跑下楼梯直冲门外,紧紧憋着一口气,狂奔,像士兵在战场上躲手榴弹,绝不回头。她跳进车里,一切都归于安宁。她的周围平静无声,思绪渐宁。

他带她来喂鸭子,也给她带来安全感。

他讲话时的声音,很像那只跟她聊天的鸭子。

好了,她现在还是呆呆地坐在湖边的长椅上,他留存的记忆,他散发的气味,他发出的声音,点点滴滴,她全部回放着。她笑了,又放声大哭,然后噙着泪水,继续笑着,然后,她感觉轻松了,她站起身,往办公室的方向走去。

发现皮肤上有咬痕的女人

1

休完九个月产假,她在返岗的第一天发现了皮肤上的咬痕。那天早晨真是手忙脚乱,而前一晚,她就像第一天去上学的小朋友那样,带着焦虑的心情,来来回回地收拾着工作包。总之,计划永远没有周全的时候,千头万绪在脑子里堆得满满当当:给小儿子刚做好的婴儿辅食已经全部封罐,在冷冻层放好,其中一份已经摆在了保鲜层供第二天吃,午餐也准备好了;两个大儿子的书包装好了,小婴儿的尿不湿也打包好了;另外,准备了几套干净的换洗衣物,这样就不怕大儿子上完课在草坪上玩成泥猴,也不怕小婴儿直接拉裤子或者喝完新配方母乳出现急性腹泻。校服已经洗净熨平,课后运动服也已备妥——总而言之,安排得如此周全,也顶不住下一秒发生的各种小插曲,最后的结果永远是迟到。

她完全睡不着,满脑子都在想:这个考虑了吗,那个计划了吗,事情都安排妥了吗,备选方案定了吗?她在脑子里细数着所有事项,而其中最要紧的便是如何应对第一天返岗的焦虑。她还能找到休假之前的位置吗?她会把她在家中混乱的那一面搬到职场中吗——她曾经莫名其妙地把吹泡泡的水和鸡肉晚餐混在了一起,直到后来,当她拿着泡泡棒准备往番茄罐头里蘸的时候,看到孩子们疑惑的表情,她才意识到自己做了什么。她还能发挥自己的能力吗？她还能达到岗位的匹配度吗？她之前的业务材料还能用吗？她的客户知道她回来会高兴吗？万一那位替补比她效率更高、速度更快、更优秀呢？万一大家全都找她的毛病，透过显微镜检视她，想找个借口打发一个生了三个孩子的女人呢？有的是想干她这份工作的人，有的是可以熬到很晚、大清早照样到岗、接到临时变更的通知还能立马就位的人。有年轻小伙子，有年纪大且已结婚生子的男人，也有年轻女人，还有那些没有孩子的女人——她们要么不想生，要么没法养，要么单纯为了规避这类风险。

她已经把六岁的老大送到学校了，三岁的老二送去了蒙台梭利，九个月的小儿子也已经在日托所了。每送走一个，她就揪心一次，每一个都比前一个更揪心。每个孩子都在她离开的时候号哭，满眼惆怅地搜寻着她的身影，好像在说："你怎么就这样撒手不理我了？"几张哭得皱巴巴的小脸，在她的脑海中反复出现，折磨着她，让她自责。她怎么能这样对他们呢？在家的九个月过得挺欢乐的——压力常伴，但主要还是欢乐的回忆。家中每天至少会出现一次神经质的尖叫声，与其说吓到孩子，其实经常是把她自己吓一跳。但她还是和他们朝夕相伴，她爱他们，他们也都能感受到爱的呵护。那她为什么还要让他们遭受这些呢？她大部分的薪水都交给了托管。她倒也不是非得去工作，如果家里再省吃俭用一点，她就算不工作，日子也过得去。工作不是为了钱，当然，有点钱赚是好，但不全是为了钱。她打算回到岗位，是因为她需要它。她热爱自己的工作，她想要自己的工作。她的丈夫希望她拥有这份工作，不仅是因为她可以帮衬着还房贷，更重要的是，他爱她工作时的样子，那是女性的另一面，多了一分满足感，多了一分干练、一分惬意和一分价值感，也少了点情绪化。不过，这绝对不是她返岗第一天的感受。

她注视着自己的小宝宝躺在一个陌生人的臂弯里，对方的胸牌上写着"艾玛"。有种别扭的感觉从她的内心生出。她讨厌艾玛，她也爱艾玛，她需要艾玛。宝宝在尖叫，她感觉自己的乳头开始扭动，乳汁渗了出来。这一次，不是孩子闯的祸，而是她自己的身体把衬衫弄脏了。她打开取暖器，让风扇直接吹向湿漉漉的乳头，接着又拿起两片菜叶分别放在罩杯里，抵住她的胸；她打开收音机，胡乱地搜寻着各种频道，想从满脑子都是孩子的状态中逃逸出来。

2

那天晚上，她洗完澡检查自己的身体时，发现了一个红色印记。在她的右胸处，她全身最饱满柔软的地方。

"这是热疹。"丈夫说。

"不是的。"

"你每次洗热水澡的时候都会生出这些小红点。"

"水温也没那么高，而且我已经洗好出来二十分钟了。"

"那就是皮肤太干了吧。"

"也不是，我已经涂过润肤乳了。"

"好吧，那这是什么呢？"

"这也是我想问你的。"

他把脑袋凑上她的胸，眯起眼睛仔细查看。

"小道格咬你了吗？它看起来有点像一个咬痕。"

她摇摇头。她不记得有这种事，他可能咬过吧。不过，那天晚上她从日托所接他回家，他在车里睡了一路，一眼都没看她，所以她一进门就把他直接抱去床上了。她想起在日托所把他递给艾玛的时候，他一直在挣扎，她没有被他咬过的印象，不过也说不准。

一整天的情绪波动过后，那天晚上她还是睡得挺好的。虽然免不了伴随着这个孩子突然尿床了，那个孩子需要她起夜喂奶了，另一个孩子又梦游了。最后，两个大一点的儿子和丈夫同床睡，她抱着婴儿去另一间卧室睡。在这种情况下，这已经是最能保证睡眠质量的安排了。

第二天，胸部的印记已经发紫了，而她注意到又有一个新的冒了出来。这个新的印记是在午餐后发现的，当时她独自坐在附近的餐厅里，本打算给自己点些食物吃，结果却只是端起眼前那杯烫口的茶，一口把它喝光了。接着，她去了厕所，里面只有她一个人，那是生完孩子以来，她久违的独处时光。去厕所之前，她一直以为自己在办公室里坐到了一颗大头针或是图钉上，但她没在座位上发现任何东西。她在厕所隔间里拿出随身镜，终于发现臀部白色的皮肤上新冒出了一个更大的椭圆形红印。她没再给丈夫看这个红印，但她想，她跟孩子们在一起时一直很当心，小朋友们应该没有机会嘬这么一口。

3

在去伦敦出差时乘坐的夜间航班上，她开始真正担忧起这件事。因为机舱里盯着她看的人太多了——即便她终于可以独自落座，不用把自己的安全带连在孩子身上，不用抱着孩子，也不用烦心孩子会对着前面座位乱踢、在过道来回乱跑或者扯着嗓子乱喊——这些目光迫使她一落地就冲进了卫生间，她发现脖子上也出现了一些红印，比之前那些大得多。这肯定是咬痕，密密小小的牙印清晰可见。从机场出来，她跟男同事们坐在车里，暖气热得让人窒息，但她还是用围巾遮住了脖子。到达酒店后，她才发现那些印记已经扩散到左臂了。打Skype[1]时，儿子们特别兴奋，根本没注意到那些咬痕，于是她指给丈夫看了看。

他流露出明显的不悦和疑心："你跟谁在一块呢？"

两人吵架了，她睡不着，即便她终于可以一人独占一整张床。她感到愤怒和伤心。更糟糕的是，凌晨一点，酒店的火警忽然响了，所有人都得离开房间。她迷迷糊糊地披着睡衣站在大街上吹冷风，半个小时后才获准回房。

她回到家中，小儿子只想待在爸爸怀里，却不愿意亲近她。而且，只要她靠近，他就会大喊大叫，表现出一副被人虐待的样子，这就是他给她的直观感受。她在洗手间里偷偷地哭，被丈夫发现了，他看到她的皮肤布满各种色调的瘀伤和肿胀，这才意识到事情真的很严重。这时候，疼痛已经开始让她难以忍受了。

第二天，她去看医生，这是一个周六，她根本不想去——她只想跟孩子们在一起——但没办法，丈夫坚持要她去，而婆婆会在下午帮忙带孩子，所以她还是去了。她能感觉到，

1　一款即时通信软件，可以进行视频聊天、多人语音会议、文字聊天等，也可以拨打国内国际电话。兼备微信和普通电话的功能。

疼痛每时每刻都在加剧。

医生也很不解，但同时又怀疑她是不是有难言之隐。她向医生确认，这些都是咬痕，于是，医生给她开了止痛药和润肤乳，还在她离开诊室时给她的包里塞了几份关于家暴的小册子，并告诉她，如果还有这种情况，就随时联系他们。

4

三周过去了，她变得几乎面目全非。那些印记已经爬到了她的脸上，她的两颊和下巴上也出现了瘀伤，耳垂那里好像被啃掉一小块。她没有放过工作中的任何细节——她做不到。从休产假那天开始，她已经九个月没回来上班了，她需要在方方面面证明自己的实力；她需要迎头赶上，不能掉队。但她真的已经精疲力尽了。她看起来好像被虐待过，全身上下变得充血。医生给她安排了验血，但检查结果全部正常，找不出任何引发皮肤印记的病因或疑点。她和丈夫把房子熏蒸消毒，把地毯撤掉了，让木地板素面朝天，以消除尘螨之类的变应原。每个工作日的早晨，她都会和孩子们说再见，但面对她的离开，他们已经不再哭闹了，这种感觉反而让她更难受，去市区的路上，她一直在哭。为了在办公室里保持职业气质，她在脸上多涂了一层厚厚的粉底。周末社交时，她会用化妆品遮住腿上的咬痕，然后完美地扮演好妻子和朋友的角色。

有一晚，在回家的路上，她不想让小儿子在车里睡过去，于是一会儿开窗通风，一会儿大声唱歌，一会儿把广播调得巨响，总之她用尽办法，想趁他醒着跟他多相处一会儿。但无论她用什么办法，他的眼皮还是会打架，六点半一过就睡着了。

那段时间，她会赶在五点下班前处理完所有的会谈和电话，她会在办公楼里给车充满电，以便尽快去接小儿子，但他每次都会在摇摇晃晃的车里一路打瞌睡。

不久以后，她发现自己躺在医院，被各种电线和设备团团围住。她没法回家陪孩子，也没法工作，她被一阵阵内疚感压得喘不过气来。丈夫和孩子可以来看望她，但她还是感觉很心碎。她很想跟他们玩，想抱一抱他们，却又做不到，这让她的灵魂感到痛苦。公司想办法为她安排了新一轮的暂时离职，但她实在做不到当个甩手掌柜。她感觉自己让所有人都失望了。

她的皮肤上出现了数百个红肿的咬痕，那是她被生吞活剥的证据，从小小的啃咬开始，最后演变成从皮肤里流出带血的泪水。身上的疼带给她百般折磨，但更让她难过的是对事无能、对人无力、时时刻刻一无是处的感觉。住院以来，她的病情愈发恶化，皮肤上的印记每天都在增加，而那天晚上，她的右手腕脉搏跳动的地方突然冒出了一个发炎的疮口，她看着它，感觉很害怕。

截至目前，各种抽血和扫描都得不出任何结论，但在医院的独处给了她思考的时间。能和自己独处片刻，是她成为一名母亲之后最奢侈的事。周围缠绕着电线和插管，将她困在床上不能动弹，她如果要外出，就必须经过护士允许或者有什么充分的理由。在房间里，她什么心也不用操，这儿没什么人需要她帮忙或安抚，只有她一个人，整个房间里，只有她自己，以及她时刻不停运转的大脑。直到后来，连大脑也变得困倦，开始罢工了。她的手指来回敲动着，她在等待。

5

窒息感消失后,她的呼吸回归顺畅。随着胸腔的收放自如,她的思绪也开始流转。一切都是孑然存在,自成一体,各归其位:前后发生过的桩桩件件,都在时间轴上依次排开;那些她说过的话,那些她本该说出口的话;还有,那些想体验的事,都已被她主动让其夭折或者想办法逃避。一股活水注入,汩汩地涤荡着她的思绪,直到她脑海中的一切各归其位,接着,一个整洁的表面被冲刷而出。她的脑中一尘不染,心屋内也窗明几净。

她环顾四周,她是怎么出现在这里的?

她感觉自己的手扼住了跳动的脉搏,并且发现它已经平静了下来,指夹式血氧仪呈现的数字也回归正常。脑中那只凶猛的困兽已经停止了踱步。她摘下了指夹式血氧仪,感受着脉搏的跳动,触摸着最新的一处咬痕。她竖起手指,任那些带着牙印的咬痕轻缓地、有条不紊地在指尖的神经上来回奔走,同时回忆着它们出现的那一刻。

6

那个下午,丈夫带着孩子前来探望。孩子们见到她后兴奋极了,激动地在病房里上蹿下跳,还拿着卡通玩具在各类医疗设备上发挥着天马行空的想象力,一会儿给芭比娃娃换上静脉电线编织的新裙子,一会儿把乐高蝙蝠侠牢牢地困在床下的轮子里,一会儿又让泰迪熊在遥控器的数字上来回跳动,像是想给一坨便便分析一种新算法。孩子们紧紧地依偎在她的床边,偷吃着盘子里的布丁和蛋奶糊,甜品也堵不住的小嘴里叽里呱啦地说着他们兴奋热闹的日常。她心满意足地听着,融化在了他们稚嫩的声音中。他们还在学习说话,而每一次进步她都想参与其中;他们满嘴颠三倒四又自带歪理,但她一点也不想干涉。丈夫坐在病床边的扶手椅里,目光偎在她身上,任由她享受着和宝宝们在一起的片刻,努力藏好自己的担忧。

很快,他们该结束探视了。病房里本不该来这么多访客,他们能进来,是由于好心的护士们对此睁一只眼闭一只眼,但现在,护士不得不来轻轻敲门,提醒他们该走了。她注视着他们穿上厚厚的外套,裹成一个个小球,羊绒帽把他们的小脸包成几只软软的团子,而肉乎乎的小手一钻进手套里就消失不见了。宝宝们临别的亲吻留给她满嘴满脸的口水,他们短短的小胳膊几乎没法环抱住她。她深吸着宝宝们散发的味道,一点也不想让他们走。但她没有办法。

她摸了摸那个咬痕。

熟悉的感觉向她靠近,一出现这种感觉,她便知道又有一个神秘的印记在皮肤上冒出来了。而这是她第一次对这种感觉有了清晰的认识,以前,她总以为印记是自发的、偶发的,不会有任何先兆,但现在她明白了,咬痕会伴着一种征兆出现。

最后,她吻了丈夫。整个探视期间,她把全部的注意力都放在了孩子身上,他在离开时才得以与她亲近,为此,她再次道歉。

"别道歉了。"他温柔地说,"快好起来吧。"

她又给孩子们道歉。

"生病不是你的错,妈妈。"一个稚嫩的声音说。

她目送他们离开，听到他们在楼下大厅吵吵闹闹地聊天和拌嘴，对此她生出一种浓浓的歉意。没有原因地，她就是觉得很抱歉，她就是觉得很内疚。

7

她不再摸自己的手腕了。她确认了，是内疚感。把小儿子扔进日托所时，她感到内疚；没法从学校接孩子们时，她感到内疚；孩子们病了她却连一天假也请不了时，她感到内疚；看到房子乱七八糟，她感到内疚；意识到一个朋友挨过了人生中最煎熬的时刻，而她竟始终无所察觉时，她感到内疚——她觉得是她疏忽了朋友疲惫的双眼、神情黯淡时传出的信号或某些言语背后的真相；忘记给父母打电话，她感到内疚——明明在心里提醒过自己，却任由自己将其抛之脑后；因为工作没法待在家而感到内疚，因为待在家没法工作又感到内疚；花一大笔钱买了双鞋，她感到内疚；偷吃了孩子们的比萨，她也感到内疚；就连健身时摔倒了，她也会内疚。

体内堆积了如此多的内疚，她觉得自己好像已经化作了内疚本身。

她讨厌自己身在某处时，去思考是否应该身在此处；她讨厌那种非得解释自己、遇到什么都要辩论的感觉；她讨厌被评头论足，她也讨厌自以为被评头论足而实际上并没人针对她的那些时刻。她讨厌极了大脑中时时刻刻的内耗。

不对，一切都不该这样想。她明白了，这些思绪并不合理，因为她热爱自己的工作，同时她也是一个称职的母亲，心中满是母爱。

指尖再次划过手腕。她将手腕翻转过来，仔细察看皮肤。最新的咬痕好像颜色浅一点，它并没有消退，但也不像之前那样发炎和红肿了。她从床上坐起，她的心在跳，她试图让呼吸和缓下来，让思绪再平复一点。机器上的数字警告她，心率在加快，一颗时刻内耗的大脑不会给她带来任何好处。

内疚。

是内疚。

这种内疚，毫无疑问，正在将她一口一口生吞。

她的皮肤已经变成了一块毯子，由一片一片的内疚所织就。

这让她很害怕，但现在她已经找出了这种神秘皮肤病的根源，这足以带来一丝希望。她仅仅需要判断什么是错的，接着修正它就好——每当孩子们因胡思乱想而感到不安时，她也会跟他们说这样的话。任由恐惧蚕食，只会让自己沉没在巨大的不确定性当中。

她很激动，她把睡衣袖子卷起来，仔细观察着胳膊上的皮肤。这些咬痕也在褪色，最严重的咬痕现在也没那么红肿了。她挨个研究着，每个咬痕冒出来的准确时刻她都有印象：有去伦敦出差的；有连着两个晚上找保姆的；有学校组织参观博物馆但她无法参与的；有结婚十周年那晚，她酩酊大醉，吐在了花园前的水仙花丛里，最后直接在浴室的地板上睡过去的；还有一个，是连着三次错过了朋友共进晚餐的邀请。

每个咬痕都意味着相应的时刻，都是她认为人们需要她，但她未能满足的时刻。

但她很清楚事情并非如此，爱她的人都这么跟她说。她每天都能听到这些话，而她其实需要把这些话听进去。

她爬下床，拔出血管里的吊针，又把血氧仪从食指上摘下来——机器立马发出刺耳的哔哔声。她毫不理会，心情平静地取出包，开始收拾行李。

"你在干吗？"问话的是安妮，一位在住院期间对她关照有加的护士。

"谢谢你对我无微不至的照顾，安妮。浪费了你的时间，对此我很抱——"她收住了话，是内疚又冒出来了，"其实，我不想说抱歉，而是谢谢。非常感激你的体贴和照顾，但现在我得出院了，我感觉好多了。"

"你现在还不能出院。"安妮在她身旁温柔地说。

"看。"女人伸出两只胳膊。

安妮惊讶地看着那些褪色的咬痕，伸手摸了摸，接着她蹲下来，掀起睡衣角检查她的双腿。

"这到底是怎么回事啊？"

"我只是被内疚蚕食了。"女人说，"我被它吞噬，但我现在要止损了。"

或者至少，能止损一分是一分。她能做到，她绝对能做到，因为她想做到，因为她必须做到。因为，这就是她的生活，她唯一拥有的生活，她想要尽可能地好好活着，拥抱每一个当下，去工作，去和家人相处，不再因为这些跟任何人说抱歉，特别是跟她自己。

安妮给出自己的意见，她笑着说："那你现在干吗急着回家呢？"

女人停下来，静静思考着：是的，老毛病又犯了。

"咬痕是在褪色,但还没完全消退,如果你操之过急,它们可能会复发。我建议你回床上躺着,让自己再好一点,养足精神,接着就可以回家了。"

于是,女人决定了,再住一晚,不带任何内疚地好好睡一晚。接着,她会恢复元气,回到家中,回归自己。一切都值得庆祝,为了她从内疚中脱离。

以为镜子破损的女人

1

"X、R、S、C、B、Y、L、R、T……"她念着面前牌子上的字母。

"好了,现在可以把手拿开了。"验光师说完,她把手从右眼移下来,一脸期待地看着他。

"其实你的视力非常好。"他说。

"我不太清楚你的意思。"

"意思就是说,你能否清晰地视物,要从光学和神经两个方面考量。一方面是结合眼内视网膜的健康和功能情况来判断能否找到一个清晰的焦点,另一方面是判断大脑是否有敏捷的成像能力。"

"哈利,你小时候我给你当保姆,可没见你这么正经。我抱着你在镜子前跳瑞克·阿斯特雷[1],举着你的除臭剂当话筒,当时你身上光溜溜的。"

他眨眨眼,脸唰地一下红了。然后他把刚才的话又强调了一遍:"意思就是你有20/20[2]的视力,完全健康的视力。"

---

[1] Rick Astley(1966—),英国著名流行情歌和舞曲男歌手,走红于20世纪80年代,代表作有《永不放弃你》("Never Gonna Give You Up")、《永远在一起》("Together Forever")等。
[2] 用Snellen分数记录视力法呈现出的数据,即小数记录法中的1.0视力。

她叹了口气："没有吧，我都跟你说了，这眼睛长在我脸上，我很清楚。"

"有道理。"他坐回椅子，褪去了职业验光师的那一面，变成了一个紧张的小男孩，"这一点我确实也不太理解，你好像很确定自己眼睛有问题，但你也没出现什么头痛啊，眼睛酸痛啊，视物模糊啊之类的症状，你阅读的时候完全没问题，你的远视也没有问题，你还能看到视力表最下面很多人都看不到的那一行。我搞不清你到底哪里出了问题。"

她看了他一眼，这让他想起以前他犯错时她看他的眼神。他曾经躲在厕所里，倚在窗边把脸背过去偷偷抽烟，瞥到外面的她时，他冲着她大声嚷嚷说他肚子疼，但她只是用一枚硬币打开厕所的门，当场戳穿了他的诡计。如果说那一刻之前，肚子疼还是他随便撒的小谎，那一刻后却似乎成了真的。她一直是个让他害怕的保姆。即使这已经是两个人二十年前的事了，但现在面对她直视的目光，他还是会感到害怕。

他努力提醒自己，记着，你已经是个成年男人了，结了婚，有两个孩子；你在葡萄牙有一处度假房，房贷已经还了一半。她不可能再伤到你了。接着，他把脊背抻直。

她吸了一口气再吐出来，默默数到三。他有良好的职业素养和学识，但很明显，他还是那个握着袜子自慰时被她抓到现行的傻小子。

"几周前就开始发作了。"她解释了一句。

"你指的是？"

"我脚上的毛病。"

他怔怔地盯着她："你讽刺我呢，是吧？"

"我当然是了,不然我来这干吗?"

"你说的是你的眼睛。"

"我的眼睛啊。"她不耐烦了。

哈利身上成年男人的气质消失了,丈夫和父亲的形象也不见了。他回到了难为情的少年时代,回到了那段有关袜子的记忆里。

"我不能够完全确定是什么时候发作的,但应该是三周前吧。参加完生日聚会的第二天早上,我醒来,感觉一阵难受。我搞不清是怎么回事,但我猜大概是地狱龙舌兰[1]喝多了,我又观察了几天才发现,根本不是宿醉,是真的哪里出问题了。"

"所以到底是哪里出了问题呢?"

"它们看我的时候有问题。"

他咽了咽口水:"你的眼睛看你有问题?"

"它们没有看到它们应该看到的我。它们向我呈现的,是另一个样子的我。这个样子不太对劲,这不是我。肯定是眼睛哪里出问题了,或许不是视力的问题,而是我需要做个 X 射线或是磁共振成像检查吧。应该不是晶状体的问题吧——万一是瞳孔还是虹膜,还是……别的部位。"

"让我捋一下……"他身体前倾,双肘架在膝盖上,从她的角度看去,他四肢挺拔,手指颀长,这种形象对于一个教条又乏味的人来说相当有魅力。他的嘴角浮现一抹笑容,对此她有点生气。她能看出他在憋笑,她就不该过来见他。

"你来到这儿,是因为你照镜子的时候,发现自己看起来不太一样?"

---

[1] tequila slammer,一种烈性鸡尾酒。

"对,"她平静地说,"我的眼睛并没有呈现出我的感觉。就是说,双眼传递给我的信息是有问题的。你理解我的意思吗?我看起来不一样,完全不是我想要的那种感觉。说实话,我一看见这种场景,心里就有些发慌。"她听到自己的声音在颤,他也听出来了,于是很快收起笑容。他温柔起来,露出有点担心的表情。这让她想起从前他被噩梦惊醒后,会裹在小猴子毛绒睡衣里、抱着奶油爆米花跑来和她贴贴。他也不总是那样傻。

"你不觉得可能还存在其他解释吗?"他的声音很柔和。

她努力地思考,他也打算跟她说点什么。对此,他表现出很温柔的样子,接着,突然——砰——一切清晰分明。她之前怎么那么傻啊!她扭过头开始大笑。

"这还用想吗!我之前怎么没想到呢?很明显,问题根本没出在我的眼睛上!"

他好像松了一口气,这下她不会在他的办公室,在他的椅子上崩溃了。他坐起身笑了笑。

她满心欢喜地拍拍手,站起来说:"真是感谢你能抽出时间,哈利,你真是帮大忙了。"

他也站起来,稍稍有些尴尬:"我有吗?那我很欣慰。当然,这次面诊不收你钱。"

"哎,别闹。"她去拿包,"我都从你这儿拿走多少钱了——没有从你这儿,也有从你家人那儿吧——这么些年了,你我都明白,我不值得你们这样对待。"她笑着说。事情解决了,真让人愉悦。愉悦的点在于,不是眼睛出的问题。

他不好意思地接过钱。她挥挥手,没要收据。

"那……方便问你吗?你准备怎么办呢?"

"嗯，既然不是眼睛的问题，哈利，还能是什么？"她说，"我肯定要把那面镜子好好修一下啊！"

2

镜匠劳伦斯站在她卧室的全身镜前，抓耳挠腮。

"你希望我怎么处理呢？"

"麻烦你把它修一下吧。"

一阵沉默。

"你们就是做这个工作的，不是吗？我看网站上说，你们公司是做纯手工玻璃和镜子的。"

"这倒是，我主要做私人定制设计。不过我们也做镜子和玻璃的安装更换、修框架、补碎玻璃之类的。"

"这不就对了。"

他看起来还是很迷惑。刚进卧室的时候，他很快环顾了一圈，她不确定他是否注意到这里只睡了一个人，只有她，没有丈夫的痕迹，未来也不会有。很明显，这场婚姻已经濒临绝境。她同样分居的一位朋友告诉她，挨到隧道尽头就能看到光亮。她当然盼着能这样，她已经快到自己的极限了，把问题怪在眼睛上也起不到什么作用。

"问题在哪儿？"她问。

"问题就在于，我根本看不出这面镜子有问题。"

她大笑："你这个诊断要收费吗？"

他也笑了，脸上出现了酒窝。她突然想打理一下头发，她真希望自己在他出现之前已经花时间把形象打理好了。

"总之，肯定是哪里有问题，相信我吧。你能不能把镜子换掉？我想把镜框留下，那是我妈妈以前用过的。"她说着，脸上露出了笑容，比她想象中的灿烂许多，那是因为他的笑容很有感染力。她咬住腮帮子想忍一忍，但还是止不住笑。他脸上的笑意渐浓，眼神落在她身上，她起了一阵鸡皮疙瘩。

"它是裂了吗？"他将眼神从她的身上拽离，转而研究起那面镜子，他用手摸索着整个镜面，边边角角都没放过。她忍不住一直看着他的动作。

"没，倒是没有裂，但就是坏了。"

"怎么个坏法？"他皱起眉，又开始抓耳挠腮。

于是，她跟他讲起了之前去看眼科但似乎没发现眼睛有毛病的事。所以，她和眼科医生通过逻辑推理，得出了一个结论：肯定是镜子坏了。

他盯着她，充满好奇，但好奇中带着温柔，并没有审视的意味。

"你之前应该听过这类毛病吧？"她问。

他刚想说点什么，但没说出口。"当然听过。"他说，"这个毛病挺常见的。"

"啊，太好了。"她如释重负，"如果真不是镜子的问题，我都不知道下一步该找谁。"

"你平时就只用这个镜子是吗？"他问。

"嗯……"这个问题还挺反常的，她以前从来没从这个角度去想过，"对，没错，就只用这个。"她有阵子一直在逃避照镜子。那一阵子，她生活的方方面面都开始变得一塌糊涂，她完全没心情看自己。终于有一次，她重新看了一眼自己，这下可好，她发现问题了。

他点点头，又迅速扫了一眼她的卧室。这一次，他应该能看出这里只睡了一个人吧。明显吗？她希望这看起来挺明显。

"我得把它拿走，带回工作室。我得把这块玻璃取下来，切一块刚好合适的。另外，你这个镜框我也会重新处理，让它焕然一新。"

镜子要被拿走了，这让她有点犹豫。

"我会保证它完好无损，放心吧。我知道它对你有多重要。"

女人开始神游，她看到了妈妈——正在镜子前摆着姿势。她想象自己是一个小女孩，坐在妈妈身边的地板上，一边看她打理着外出的行头，一边希望她能带自己一起去。在她的认知里，妈妈是一种美丽奇异的生物，自己怕是一辈子也无法像她一样。她闻着妈妈的香水味，那是一种专为特别的夜晚外出时准备的味道。

转个圈吧，妈妈。

妈妈听完便转起来，她总会这么做。随着她一圈一圈地旋转，裙褶就像竖琴的音波那样抹近揉远，侧边的裙衩也随之绽开。

她回过神，又瞥了一眼镜子，里面的小女孩不见了。她已经不再期待见到她了。这是她吗？眼前是她不喜欢的模样，芳华逝去。她看向别处，这不是她，不，必须把这面镜子换掉。

"我可以换一面镜子用用，我在想……"

"别，不用这么做。你想要的就是这面镜子。"他怜爱又温柔地抚摸着镜框，"我会帮你把它修复得尽善尽美。"

她收住一脸学生妹的傻笑："谢谢你。"

他走出房子，在她关上大门之前，回头说："答应我，在这面镜子处理好之前，你都不会再照别的镜子了，好吗？"

"我保证。"她点点头。关门的时候，她心里怦怦乱跳。

没过多久，他打电话说希望她能来工作室选一块玻璃。她开始好奇有没有必要这么做，琢磨着他是不是想找借口再见她一面。她在往这个方向期待着。

"玻璃不都一样吗？"她问。

"都一样？"他带着一丝不屑和愠怒喊道，"我们这儿有平面镜、球面镜、双面镜还有单面镜，你亲眼确认之前，我可不想擅自决定。"

3

第二天，她开车去往他的工作地点。出门之前，她多花了一点时间打理形象，用的是浴室的镜子。这面镜子也有点不太对劲，但确实更能呈现出她习惯看到的样子，毕竟她化了妆，又变得光彩照人。而同时，她也觉得如此急不可耐的自己好像一个傻瓜。

她原以为这里会是一个脏兮兮的库房，或者一个批发店，是那种从外面看坚硬冷漠、死气沉沉的地方。然而，呈现在她眼前的却并非如此。沿着漂亮的乡村小道一路开下来，终点是一个经茅草屋改造过的谷仓。走进谷仓，像走入一本设计杂志，好像全世界最好看的镜子都收录在这间工作室里，她以前从没见过这么多迷人的镜子。

"我用再生木材做镜框。"他一边跟她说，一边带她参观工作室，里面到处都是镜子，形状大小各异。"这是最新的一个，马上就完工了。木头取自一棵树根，是我出去收集材料时发现的。"他指着谷仓几亩开外的一片林地说道，"不是非得用名贵的木材。"他又指着一面浴室镜说，"那个就是用再生木做的。"

她抚摸着琳琅满目的镜框，体会着他散发的艺术气质，同时也感觉有点尴尬，让一个如此专业的男人修镜子，确实是大材小用。

他说这谷仓是他一手改造的，同时解释了窗户和光线反弹的事情。她完全是个外行，但听着感觉很美妙。如果有这样一个男人，全部的工作便是与镜子朝夕相处，那准是他了。看向他的时候，她心里会生出某种感觉，这种感觉在她过往的人生里已经消失很久了。当时，她的人生还是另一种状态，那是她再也找不回来的状态。

他走近，双手放在她的两肩，帮她转过身。这样亲密的接触吓了她一跳。

"你的镜子就在那边。"他用手指着。

她看到她的镜子就在房间一角。他完全信守承诺，为镜子赋予了新的生命力。她能看出，镜子已经被打磨抛光，就像从前那样摆在父母卧室的衣橱旁，爸爸的鞋子在一侧排开，妈妈的卷发棒插在墙面的插孔上。

她走过去，在镜子前站好。她还能看到镜子里的他，他就站在她身后。她看着自己在镜子里的样子，她把自己交付给它，她细细地打量着自己。

"你已经把镜子修好了。"她笑着说。状态回来了，终于是她的样子了。她看起来重返青春，好像刚刚做完很昂贵的面部保湿护理。其实，始终就是同一面镜子，她心里很明白。"我真以为我是来选玻璃的，你真是把我给哄了！"她大笑道。

"开心吗？"他问道。他的眼睛里有光，一闪一闪的，那是几十面镜子在房间里互相辉映的结果，四处都闪着光，好像他也同时在发光了。

"开心,太完美了。"她一边说,一边仔细察看镜子。

她看到玻璃上有个红点,伸手去摸时,手指触碰到了镜子,却什么也没摸到。她很疑惑,感觉晕头转向,她看着他问:"你用了什么材质的镜子啊?"

"你再看一眼。"他的神情意味深长。

感觉像个玩笑。她再一次慢慢转身,面向镜子。除却她的面容,一切都是真实的,因为身后有他,因为她的自我意识正像蛹一样从一只茧子的内部不断咬食。那个红点还在玻璃上,她想知道是不是在做某种测试,可无论怎么伸手探触,还是无法真正地触及红点本身。

"听过同时对比[1]的说法吗?"

她摇摇头。

"这是绘画领域的术语。"

"你还会画画?"

"作为爱好吧。这个术语是说,把某些特定的颜色比邻放在同一个视线区域,眼睛看过去就会觉得不太一样。其实颜色本身没变,变的是传递给我们的感知。"

他在等她慢慢回味。

"转个圈,再看看你的样子吧。"他温柔地说。

4

她慢慢地转着身子,感受着真正属于此时此刻的自己。她

---

[1] simultaneous contrast,几个刺激物同时作用于同一感受器产生的对比现象,在视觉中表现得比较明显。例如,同一个灰色方块,分别置于白色和黑色背景上,方块在白色背景上看起来更暗,而在黑色背景上看起来更亮。除了颜色,光线也会产生类似效果。

将目光扫过自己渐露岁月的容颜，扫过脂肪堆积的两颊、眼周生长的皱纹和慢慢凸起的小肚子。她下意识地把衬衫从腰间扯了扯，而与此同时，她又看见了那个红点。这一次，她没有去看镜子，而是低头看向自己的身体，接着她发现有个东西粘在胳膊上。"这是怎么粘上去的？"她一边问，一边将它往下撕。

他咧开嘴笑了。

"是你粘上去的吧。"她说着，回想刚才他帮她转身时的肢体接触，那一下让她觉得哪里怪怪的，原来是他趁机把这个小红点粘在她胳膊上了。

"镜像测试，搞我们这一行的都这么做。"他用开玩笑的语气说。

"我一开始看到这个贴纸，还以为它是镜子上的。"她顺着他的测试，思考着说，"再看的时候，才意识到它就在我身上。"

他点点头。

"不是镜子，是我。"她重复道，一切变得明朗，"破损的不是镜子，而是我，一直都是。"

他又点了点头："其实，我倒不是想说你破损了，一切不过是感知而已。我根本没想着改造镜子，它一直都好好的。"

她转过身面对着镜子，端详着自己的脸、自己的身体。她变老了，她设想过自己五年之后的样子，而今年就已经比想象中更衰老了。不过，这就是她此刻的模样。她在变化，变得迟暮。某种层面上，她变得更美了，但另一种层面上，她也更难轻易地接纳这种美。

"好了？"他问，"你还想换一面镜子吗？"

"不，这个就刚刚好，谢谢你。"她说。

被地板吞下后遇到很多同类的女人

1

一切都是工作汇报造成的。她太讨厌当众演讲了，从学生时代到现在一直如此。她还是学生时，每当站在台上，满脸通红的时候，教室后排那俩捣蛋分子就会对她发出"咝咝"的声音。这俩对周围所有人都搞事情，但她是最好欺负的一个——只要她听到全场只剩自己的声音，或察觉到某些目光几乎能看穿自己的时候，她的脸唰地一下就红了，直接红到脖子根。

随着年龄增长，脸红的症状有所减轻，但这部分神经会在她体内穿行，转而表现为严重的膝关节颤抖，她没法确定哪种情况更糟糕。脸红倒没怎么影响她当众讲话，但膝盖颤抖会让她全身都跟着颤，尽管腋下出了热汗，但她整个人还是像在大冷天里哆哆嗦嗦地打着寒战一样。她的裙子也会跟着抖动，搞得她好像一个卡通人物。她几乎能听到骨头里传来咔咔的声音，好像一袋子骨头被晃来晃去。她得把双手也藏起来，或者把手指缩回掌心，握成拳。如果手里必须拿着稿子，情况会更糟糕，因为纸张的颤动是最显眼的。最好是将纸放在桌面上，双手紧紧握拳，或者抓住一支笔。如果情况允许，最好可以坐下。另外，穿裤子比穿裙子要更舒服，如果穿裤子，最好是窄腿裤，因为面料紧一点的话，颤抖就不会那么明显。可这样一来，腰线又得放松一点，不然都没法深呼吸。最好还是让自己轻便一点吧，用外带杯喝咖啡或茶，以免战栗的双手让杯子和杯托碰得咔咔作响。

2

她并没有视而不见，她简直太清楚自己身上发生的事了。她在公寓里踱着步子，好像在进行一场 TED[1] 演讲。公寓里的她，畅谈着季度销售额，俨然一个能够鼓舞人心的演讲大师。她成了 TED 现场的雪莉·桑塔伯格[2]，她成了舌灿莲花的米歇尔·奥巴马，她成了一名揭发事实和呈报数据的勇士。每到晚上独自在家的时候，她总是那么自信。

那场工作汇报进展得很顺利。虽然可能没有达到她前一晚演练时那种鼓舞人心、震撼全场的效果，也没将她个人生活的某一面恰如其分地展示出来，更没有传递出丝毫的幽默——那些幽默本来是她面对假想观众时随意安插的喜剧效果。但肯定的是，整个演讲过程显得更平顺、更切入主题，像她期待的一样完美——唯独，她唯独不喜欢的，是来来回回重复"per se"[3] 这个短语，她在自己的日常生活中从来没用过这个短语；但它当时就出现在演讲现场，几乎每句话里都有它。她甚至已经预想到，之后跟朋友出去喝酒，朋友会笑话她烧烤技能一塌

---

1 一个非营利性组织，以它组织的 TED 大会著称，涵盖技术（technology）、娱乐（entertainment）、设计（design）三大领域，旨在用思想的力量改变世界。特点是无繁杂冗长的专业讲座，观点响亮，开门见山，看法新颖，通常约 18 分钟。
2 Sheryl Sandberg（1969— ），美国犹太人，女权主义者。曾任克林顿政府财政部长办公厅主任、谷歌全球在线销售和运营部门副总裁、Meta（原 Facebook）首席运营官。她是首位进入 Meta 董事会的女性成员，是 Hired 网站 2019 年评选的最鼓舞人心的科技领袖第六名。
3 源自拉丁语，用作副词，意为"真正、本质上看、固有地"。

糊涂还总是挑刺。朋友们举杯时,嘴里会说"per se",一整个晚上说啊说,每句话结束都要说,没准还会比赛着说,连喝酒游戏的环节也要说。

"劳驾,调酒小哥。"她想象着眼前有个吧台,对面有个朋友正挑着眉看她,"能再给我调一杯大都会[1]吗,per se?"

她会听见大家哄堂大笑。

但是,她过于浮想联翩,以至于后来表现得有些飘飘然了。整个演讲过程都很顺利,直到她迷失在刚才那个白日梦里,导致注意力分散,找不回自己的状态了。周围的同事都是人才,一些人已经结束汇报环节,可以坐在旁边松一口气了。而当CEO(首席执行官)贾斯伯·戈弗雷打开门走进来时,那些准备上场的演讲者摩拳擦掌,开始期待着自己接下来的高光时刻。这位CEO刚刚上任,他以前从未坐下旁听过任何一场销售会议。她的心跳加速了,这也意味着,膝盖要颤了,手指也要抖了。她的皮肤发热,呼吸短促,整个身体状态瞬间切换成起飞模式。

"抱歉打断大家。"整个房间都被贾斯伯的气场震到了,他对大家说,"我刚跟印度那边打了好久的电话。"

已经没有空座位了,谁也没想到他会来。大家纷纷调整位置,腾出空间。她发现自己站着,面对着所有的成员,也面对着她的新CEO。她感觉膝盖那里咚咚直响,心脏也怦怦乱跳。

同事们的目光有戏谑的,也有同情的,他们假装没有看到她手里剧烈颤抖的稿纸。贾斯伯·戈弗雷的目光也停在她身

---

[1] cosmopolitan,一款鸡尾酒的名字。

上。她努力地放松身体、控制呼吸，想让思绪平静一点，但她脑子里一片混乱，全都被CEO这个词填满。她准备了整整一周，设想过一百种可能，可偏偏没考虑过会发生这样的意外。

想想，好好想想，她这么跟自己说着，因为，全场的眼睛齐刷刷地盯着她。

"要不你从头开始？"她的老板克莱尔说。

要不你去死一死吧，克莱尔。

她的脑子里充斥着惶恐不安的尖叫声，可她脸上还是带着微笑说："谢谢你，克莱尔。"

她低头看看自己的笔记，然后把幻灯片翻回第一页，眼前一片模糊。她看不见了，也无法思考，她只剩下感觉。焦虑从她的体内生发，传遍全身每个细胞。她感觉自己从膝盖到双腿，再到每一根手指，都在簌簌地颤抖着。她的一颗心跳得快飞出来了，他们一定能透过衬衫看到它在狂跳。她的胃开始痉挛，不断收紧，脑子里却一片空白。

克莱尔说了几句催她的话，大家全翻页了，全都翻到了第一页，等着她从头开始。可是，她做不到全部重来一遍，她根本没做过汇报两次的准备。

她的嗓子发紧，胃里一阵空虚。不安袭来了。她感觉有一团闷闷的气体慢慢地、轻轻地从她的身下排出。她心想，幸好它没有发出声音。但是，那热烫的、浓郁的气体很快就在整个会议室内游走。她发现它首先击中了科林。她看着科林猛地抽动一下，举起一只手放在鼻孔下面。他知道是她。接着，不出所料，它很快飘到克莱尔那里，她的眼睛睁得圆圆的，一只手悄悄地滑向鼻子和嘴巴。

她低头看着稿纸，整个人剧烈地抖动，比以往任何时候都厉害。二十五年来，她第一次感到火辣辣的灼热回到了她的脸颊，她要烧起来了，她的皮肤要被烧着了。

她听到一声"per se"从嘴里蹦出来，还跟着一声紧张的傻笑。大家不看笔记了，全都抬头盯着她。惊讶的、戏谑的、反感的。每一双眼睛都在打量着她，审视着她。这是一段可怕的沉默，漫长无声，足足有千斤重。眼下她想做的就是逃离这个会议室，或者祈祷地板能开一条缝，把她吞下去。

就在此时，在她和会议桌之间，出现了一个漂亮又诱人的黑洞，昏暗但带着希望，深邃而充满热情。她根本没多想，除了这个黑洞，她哪里都不想去。

她纵身一跳。

3

一片黑暗中，她不断下坠，着陆以后，周围还是一片黑暗。

"哦！"她揉揉屁股，回想刚刚发生的事，不禁捂住了脸，"真是的。"

"你也是吗，啊？"

她抬起头，看到旁边有个穿着婚纱的女人，女人胸前的名牌上写着安娜。安娜干了什么事她没兴趣，她现在只想认真复盘一下刚刚犯的那点低级错误，其他的，她一概不想。

"咱们这是在哪儿呢？"女人问道。

"在'尴了一尬村'[1]。"安娜嘟嘟囔囔地说。"啊,天哪,我也太傻了吧。"她抬起头,一脸扭曲痛苦的神情,"我把他叫成本杰明了。我把他叫成本杰明了。"安娜一副反应过度的样子看着女人,好像对方能够理解自己犯下的滔天大罪。

"他的名字不是本杰明吗?"女人问道。

"不是!"安娜跳起来大喊,"是彼得,彼得!"

"哦,好吧,确实听起来跟本杰明不太像。"女人顺着安娜的意思说。

"不像,是不像。本杰明是我的第一任丈夫啊。"她擦了擦眼睛,"就在婚礼演讲的时候,在全场正中间,我把我丈夫的名字念错了。他脸上那表情啊。"

"本杰明的表情?"

"不是!是彼得的表情。"

"哦。"

安娜的双眼用力地眯成两条缝,好像想让这一切都消失在脑海中。

"你真倒霉。"女人替她感到难为情。她想起自己刚刚那点尴尬事,感觉好受了一点。至少她还没有把自己的婚礼现场搞砸,她只是在一群人面前出了点洋相,那群人里有她的CEO,还有每天低头不见抬头见的同事。唉,这么一想还是挺糟糕的。她叹了口气,又开始尴尬起来。

"你是什么情况啊?"安娜问。

---

[1] Cringeville,由两个单词拼接而成,cringe指"尴尬、难为情、怯退",ville指"城镇、村庄"。

"我在同事面前做工作汇报的时候,紧张到失控,还放屁了,刚上任的 CEO 也在,我本来很想给他留下点好印象。"

"哦。"

安娜的声音颤了一下,女人能听出来她在憋笑。

"这不好笑。"她又尴尬地捂住了通红的脸。忽然,头顶的天花板打开,一道强光射入,沙子稀稀地撒下来,她们护住眼睛。一个女人跌在她们旁边的地板上,浑身是沙。

"哦,我的天。"女人呜呜咽咽的,她的名牌上写着雪子。

"发生什么事了?"女人问起雪子的情况。她想让脑袋里自己丢人的事情赶紧翻篇,她不想再回忆同事们闻到屁味的表情了。

雪子抬起头,表情痛苦:"我从酒店海滩一路走过来,而我的乳头没遮住,整整一路都晾在外面。"她一边回忆,一边调整着比基尼。"我还纳闷,怎么人人都在冲我笑,怎么大家都这么友好……我真想钻进地缝里。"她看看四周说。

天花板再次打开,她们听到了钢琴声,还闻到了食物的香味。

一个女人跳下来,双脚落地。玛丽亚。她一下来就开始拽身后的裙子,裙子卡在她的内裤里,两瓣屁股明晃晃的,接着,她自顾自地朝更幽暗的方向晃晃悠悠地走过去,嘴里用法语嘟囔着什么。旁观的三个女人都还没来得及开口关心她一下。

"所以,我们要在这下面待多久呢?"雪子问。

"我盼着能永远待下去。"女人在一个阴暗的角落里坐着,她又在回想演讲的事,回放着同事脸上的表情和她那些颤抖。

"我已经在这儿待了一阵子了。这儿的天花板通向你逃离的那个地方,等它打开,你可以爬上去,然后从那儿离开。在我前面已经回去两个女人了。"安娜解释说,"我猜她们应该觉得是时候离开了。"

女人补充了一句:"可能刚好在那个点,她们已经缓过那股尴尬劲儿了。"她希望自己这辈子也能缓过至少一次吧。

"绝对缓不过来的。"雪子说着,坐下来,用胳膊环住几乎全裸的身体。她又开始回忆起那段海滩经历:"我的两颗乳头,就那么露在外面……"她捂住脸呻吟起来。

不久,又一个洞打开了,一个女人跌跌撞撞地掉进来。"天哪。"她用双手抱住头,"你这是什么脑子,诺拉,你说话之前怎么不想想呢?"

安娜大笑,她不是在笑某个人,而是在笑这种出洋相的情况:"我念出本杰明的名字,或许彼得也觉得挺好笑的吧。我们曾经开玩笑说过这种事,但我没想到它会真的发生。或许,我应该假装这是个玩笑。"

一个小小的洞,在她的上方打开。

"不如就承认这个事实吧。"女人提议。

"发生了什么呢?"雪子问。

"她在自己的婚礼现场演讲时,把新郎的名字和前夫的名字搞混了。"

雪子睁大眼睛。

她们上方的那个洞马上就关住了,因为安娜还没有准备好要走,而大家也都明白了它是如何运作的。在做好准备之前,没人会离开这个"尴尬洞"。她们都可以在这儿先缓上一阵子。

"你俩帮不上什么忙的。"安娜捂着脸,"我的天。"她又哼哼唧唧地说,"他的父母,他的兄弟,还有他那可怕的妹妹,这一家人肯定会把我这个事念叨一辈子。"

"但这也不是什么弥天大罪,是吧?"女人问,"彼得不会因为你一句明显的口误就离开你。婚礼上,人们往往被情绪主宰,而你就是太紧张了。没准儿你想躲的就是这个名字,结果它偏偏就蹦出来了。这事儿没那么严重,从大的方面看,你们既没人生病,也没人出轨,又没有吵起来。"

"也没有把胸晾在外面走了一路。"雪子补充道。

"也没有当着一群人放屁。"女人也加了一句。雪子这下知道女人出的是什么洋相了,她看着女人,冲女人皱了皱鼻子。

安娜大笑:"确实。"

"搞错名字真不是什么大事。"女人温柔地说。

"我想也是。"安娜的脸上浮现一丝释然的微笑,"你们说得有道理,谢谢,姐妹们。"

她们头顶的天花板再次打开,一道冲马桶的声音传来,有个男人大喊:"安娜!安娜!快出来吧!"

"你一直躲在洗手间里?"女人问。

她点点头,看着上面说:"该回到婚礼现场了。"

"祝你好运。"女人为她送上祝福。

"谢谢,你也是。"

她把裙边提到膝盖上,好方便自己爬上去。大家目送着她。她盯着那个锁住的洗手间门,深吸一口气,把手伸向门锁,与此同时,地板合上了,她就这样从众人的视线里消失了。

安娜消失的同时，又有个洞打开了，她们看到一个厕所。

"安娜又回来了吗？"雪子问。

"不，这是另一个厕所。"女人一边说，一边凑上去看。

飘下来的味道实在太冲了，大家迅速躲开，掩住口鼻。

掉在洞里的女人站起来，看着洞口慢慢合上，又看看她们。露西安娜。

"这个味道。"女人眉头一皱，捏住鼻子，"真的太臭了。"

"我知道。"露西安娜不好意思地说，"女士们在外面排着长队等着用厕所呢，她们肯定听到我在里面手忙脚乱的声音了。真是太恶心了。臭味不散的话，我就在洞里一直待下去。"

"那你可能得付一下租金了。"雪子捏着鼻子抱怨。

又一个洞打开，一个女人骂骂咧咧地掉下来。她看了看眼前的三个女人，稳了稳步子，咬了咬嘴唇，最后站定看着她们。她的名牌上写着：佐伊。

"我就是在学校门口问了一个妈妈什么时候生二胎。生什么生啊，她只是太胖了，和怀孕之后的那种发胖一样。她就在别的妈妈面前，我每天都能看到她。"她叫苦连天。

很快，另一个洞打开，一个女人嘟嘟囔囔地掉下来："我在酒吧，路过他那一桌，然后滑倒了。"

洞的另一端，一个声音从暗处传来："我在葬礼上没忍住笑场了。"

接着，暗处传来一个更遥远的声音，幽幽地在空中回荡："我撞到一个人怀里，我们嘴对嘴亲上去了。"

"哦，得了吧，这都不是事啊。"玛丽亚开口了——那个把裙子塞进内裤的女人。她操着法国口音，燃起一支烟，让自己从黑暗中显现,就像间谍片里的人物隆重登场那样。"你又不是让内裤夹着后面的裙子,在整间餐厅里走来走去。"她含着烟,从齿间磨出几句话。

女人们嗅着烟气,听她说着。

天花板打开,又一个女人跌落,她几乎全裸,只披着一个床单,神情惊恐。名牌贴在她袒露的胸前,上面写着一个名字:索菲亚。没人开口问她,她们不需要了解她从什么情景逃离而来,而她也无视了所有人,完全一副灵魂出走的状态。

黑暗深处,传来一个虚弱的声音,女人望过去,待双眼适应黑暗后,她忽然发现,地板上坐着一个人形,而她之前从来没注意过。她意识到,自己掉进洞之前,这个女人肯定已经在这儿了。阴影中的人形把一个东西丢在地板上,往对面一滑,它停在了女人的脚边,她捡起来一看,名片上写着:瓜达卢佩。

瓜达卢佩开口了,声音沙哑低沉,似乎很久没喝过水了:"把它滑回来。"

身份信息就这样隐秘地被分享,女人把它向地板那边滑去,瓜达卢佩接住,名片再次消隐在黑暗中,她甚至都不想再为自己戴上去。

"我发了一封邮件,收件人的名字填错了。内容刚好是针对这个群体的,本来应该对对方完全保密。"女人们都睁大眼睛听她说着,"我一直陷在点击发送键的那个瞬间里出不来,真希望可以把邮件撤回。"说完,她又将自己送回那个暗角,像之前一样隐匿起来。

"你来这儿多久了?"女人问。

"我从没离开过。"瓜达卢佩用沙哑低沉的嗓音回答。

玛丽亚从鼻子里发出哧的一声,她吸了一口烟。女人决定,不要让自己在这个洞里停留如此之久,她不能总是这样畏畏缩缩,总是懊恼自己犯下的错误,陷在其中无法自拔,她还有自己的人生要活。

又有个洞打开,一个光彩夺目的女人掉了下来。她穿了件华丽的晚礼服,脸上一副震惊的表情,她看着大家说:"我赢了。"

"你赢了?"女人问,"恭喜你,赢了什么啊?"

"一个奖,我奋斗了一辈子的奖。"

"那很棒啊,但你看起来不怎么开心啊。"

"我摔倒了。"她的声音变低了,脸上还是那副惊魂未定的样子,"我上台领奖的时候被步子绊倒了。当着所有人的面。所有人。"

"这……"所有人异口同声。

"哎呀。"露西安娜惋惜道。

4

她们头顶的天花板再次打开。女人看到了会议室墙壁上的木板还有会议桌下面那只可以看出是属于科林的脚,他穿着彩虹色条纹袜。她不想再在洞里待了,但也确实还没准备好,她开始忐忑。

"嘿,做几轮深呼吸吧。"佐伊提议。

女人照做,大家也跟着她一起,深长地吸气、呼气。

"从鼻子吸进去。"玛丽亚说。

"再从嘴巴呼出来。"雪子接话。

女人向洞的那一头看过去。还是那些人,她熟知的那些人。她也熟知自己的情况——思虑过度。她总是思虑过度,总是操心会不会出这样、那样的事,其实那些她都可以搞定。

最起码,她没有在婚礼现场把丈夫的名字叫错,没有把裙子卡在内裤里,没有在大庭广众之下袒胸露乳,没有对着体态丰腴的同事问出一句"你是不是怀孕了",也没有错发过敏感邮件。她只不过把演讲搞砸了,自己觉得下不来台而已。但是,它也没在电视上现场直播,也没造成什么不可挽回的后果。

留在洞里的几个女人看着她,为她即将迈出的下一步感到忧虑。又一个洞打开,一个年轻的小姑娘跌了下来,表情充满疑惑:"加拿大是在美国吧,是吗?"她一脸对肯定答复的期待,但从女人们的表情里她明白是自己错了。"不!肯定不是,真是太蠢了。"她拍着脑门,嘴里叽叽咕咕,"我这辈子最惨的面试。"

女人向那个洞看过去,至少她还清楚自己的问题点。总会发生更惨的情况,大家多多少少都会有紧张的情况,但是放屁这种事……她得假装这个屁是别人放的,她要想个办法圆场,接着进行下一步。

"你是打算留在下面还是上去?"玛丽亚吸完手里最后那点烟,问道。

女人笑道:"准备回到上面去。"

"好吧,那祝你好运,我可坚决不想再回去了。"雪子说。

"你会的,相信我,总会发生更惨的状况。"女人说。

她听到远处有个女人跌在地上,尖叫着:"但那女的看起来就是个男人啊!"

她做了一个深长的呼吸,爬向洞口。一眨眼,她又回到刚才的位置,站在会议桌前,稿子还在她手里。她刚刚经历了那么多,但似乎从未离开过这个房间,从未离开过她的同事,大家还是齐刷刷地盯着她。颤抖消失了,最惨的事情已经发生过了。她挺过来了,现在活得好好的。

"不好意思,各位。"她语气坚定,"咱们从头再来一次,好吧?刚刚,我已经在图表中概述了南非的销售额。想必各位已经见证,这个数字跟上个季度相比大幅增长,对此我很满意。其实,我们仍然存在巨大的增长空间,请各位翻到第二页,就能看到相应的提案。"

她翻页的同时,女人们正在地板下的黑洞中对着她微笑,对着她竖起大拇指。接着,洞口合上,一切如常。

点了海鲈特价餐的女人

1

年轻的服务生莎拉[1]从商人坐的那一桌走开,两颊烧得通红。她听见他们在低声议论她,她生活中的大部分时间都能听到这类议论。她在想,要是能有别的服务生招待那桌客人就好了,但他们已经坐在了她负责的区域。如果她在门口就遇到他们,并负责安排他们就座的话,那她一定会让他们坐到别的区域。但她当时刚好在给厨房送一张订单,而现在她又得硬着头皮面对这位独断的厨师。从来都不止一个人觉得她的大舌头很好笑,当然也包括眼前这位厨师。现实中永远都有这样的人。

把订单交给厨师的时候,莎拉发现有道目光正停留在她身上——一个独自前来、坐在单人桌的女人正注视着她。她走进厨房,放下订单,努力让自己冷静一点,努力止住颤抖的身体,压住心底的怒气。随后,她走向这个独自用餐的女人。

"您等餐的时候想喝点什么吗?"莎拉问这个女人。

"麻烦给我一瓶气泡水,不加柠檬,不加冰。"[2]

这句话让莎拉愣住了,这位顾客跟她一样,也是大舌头。

---

[1] 女名,Sarah。本篇讲述语言障碍者莎拉的故事,她难以发出"s"和"th"的读音,因此某种程度上会无法清晰地念出自己的名字。
[2] 原文为"A sparkling water please, no lemon, no ice."。此句至少三处可能造成明显的发音障碍。

她有一瞬间怀疑对方又在通过模仿来取笑自己，但这个女人看起来非常真诚。

走到吧台后面取气泡水的时候，莎拉看向那个独坐的女人。小方桌下，她蹬掉了鞋后跟，慢慢地转动着脚踝，前前后后，一边转完再转另一边。她把头发放下来，晃了晃脑袋，让它们松松地散在身后，接着活动了一下颈椎。

很明显，她已经忙了整整一天了，但看不出她精神上有多大压力，只是身体上可能需要放松一下。她将头发随意地向后扎起，从颈后高高地束上去，远离脸颊。

她从皮包中取出一小管护手霜，在手上挤出一点，缓慢轻柔地按摩着，同时出神地望着前方，一副若有所思的样子。莎拉看着她，完全被她吸引，她那种从容笃定、节奏分明的动作，仿佛带着某种催眠作用。就好像她按照眼前这个顺序一步一步演过一样。护手霜谢幕了，回到了皮包中，接着出场的是唇膏，在她的双唇上搽动，依然伴随着那陷入催眠般的出神凝望。唇膏谢幕了，下一个从皮包中出场的会是什么呢，莎拉期待着，没准儿是部手机。

2

也可能是本日记。桌子下面，一个鼓鼓的公文包放在她的脚边，公文包由昂贵的皮革制成，锁上有黄金质地的扣环，能看出有一些用过的磨损。它看起来经常使用，而不仅仅用于特殊场合，好像它和它里面装的东西都很重要，就像这个女人庄重的气质一样。莎拉同时发现，女人在用双腿护着它，将它抵在墙边，确保它不会歪倒，也不会有人偷走它。里面很可能装着法律文件——律师们会披着黑色律袍，携带这些文件出庭。她进餐厅的时候，脱下律袍挂在了椅背上。律师是以开口说话为生的职业，莎拉一下子被某些东西触动和震惊了，因为她一直避免开口说话，尤其是当众讲话，从她记事起便是如此。

莎拉今年十九岁，她生来便口齿不清，即便上过一节节言语治疗课，她的舌头也从来都不听使唤。无论什么时候，只要遇到"s"这个音，她的舌头总会直直地伸出去，碰到门牙，引导气流向前，发出的效果便是"th"[1]。这种齿间音或前音的发音问题应该是可以治疗的，尤其是如今它作为一种功能性语言障碍，已经不再是小时候讨喜、有趣又惹人怜爱的习惯了。当那些被逗笑的人开始告诉她要摆脱这个习惯，她意识到，是时候解决这个问题了。但是，它没能得到解决，它似乎无法解决。中小学时期，她遭遇的便是接二连三的取笑；而现在，作为一名刚开始读大学并兼职服务生的成年人，她面对的取笑不再那么肆无忌惮——可是，上挑的眉毛、忍俊不禁的眼神、社团中一听她开口说话就对她失去兴趣的男孩子，依然会出现在她的生活中。

她的言语治疗师说，违抗命令的并非她的舌头，而是她的大脑。大家几乎都认为她就想那样说话，但她知道她并不想。当这种口齿不清失去了它可爱的那一面时，她开始学着仅在重要情况下开口说话。而她惊讶地发现，不必开口说话的情况竟然如此之多。这样一来，她反而成了一个良好的倾听者，一个敏锐的旁观者。

---

[1] 在英语发音中，从"s"到"th"便会形成咬舌音的效果。

莎拉细细打量着女人的衣着。量身定制的黑色套装，看起来价值不菲——就像刚才的护手霜和唇膏的品牌一样。她猜测，这个女人应该是下了法庭直接过来的。有时候，律师们会多走几步来这里吃午餐和晚餐，但大多数情况下他们还是会选择就近用餐。她的视线完全被这个女人和她驾驭自己的姿态吸引。还有她刚才点餐时说的句子，一瓶气泡水，不加冰，讲得一气呵成，不带一丝卑微。莎拉从童年起，几乎每一个字都是带着卑微说出口的。她的名字尤其是个挑战，有时她会用不同的名字介绍自己，这取决于什么人在问她，或取决于她的自信程度。布里安娜是她最喜欢用的一个别名，她念出这个名字的时候，会充满自信地化身成一个名叫布里安娜的年轻女性。她也经常好奇，就算不必非得口齿伶俐，但如果至少有一个能念出来的名字，她的生活会有多大的不同。

终于，这位顾客折好菜单，用她精心修护的指甲摁在上面，将它合住。那是一副看起来很健康的指甲，涂着清亮的甲油，指尖散发出自然的光泽。

"您想好点什么了吗？"莎拉来到桌前，放下那瓶不加冰、不加柠檬的气泡水，开口问道。她注意到自己说话的语气和平常不太一样，她想要取悦这个女人，想要这个女人喜欢自己，想要成为她的朋友。她身上那种不容冒犯的气场，让莎拉心向往之。她说话时那种毫不让步的姿态，让莎拉折服。

"是的，谢谢你。"女人抬起头，亲切地答道。

莎拉又听到了那口齿不清的声音，她的心跳漏了一拍。这不是玩笑，她确信。

"了不起。"她说完，差点没喘过气。这是她坚决封口的一个词，此时此刻，她很惊讶自己会脱口而出。

那一大桌人忽然大笑起来，笑声瞬间充斥了这间小餐馆。他们并没有在笑莎拉，但她总是不由自主地代入自己，觉得所有的笑声都是在针对她。

女人看了看那桌男人，重新翻开菜单，好像要重新考虑点餐的事，很快，像是做好了一个决定，她笑了笑。

3

"请你告诉厨师，我想点这道海鲈特价餐，谢谢你，另外再配一份蒸菠菜和一份芹菜沙拉。"[1]

莎拉睁大了眼，鸡皮疙瘩起了一身。她一向讨厌问顾客想不想了解特价餐，她每天都在逃避"特价餐"这个词，总想用其他方法指出餐馆黑板上的那道菜。还有这里：本店今日特供。

"你会这么做的，对吗？"女人问。不过，她并没有在要求她，只是一种述说，带着支持、鼓励的语气。

莎拉浑身别扭，两只脚交来叠去："我把它写下来就行。"

"你还应该亲口告诉他。"

厨师是个暴脾气。对他敬而远之为好——这是她开始做这份工作后获知的第一件事。他缺乏耐心，对任何人都是如此，尤其是对她。以前有个口吃的服务生就因为受不了他的吹毛求疵而辞职了，去了一个不用非得伶牙俐齿才能胜任的岗

---

[1] 原文为'Could you tell the chef that I'd like the seabass special, please, with a side of steamed spinach and celeriac salad.'。此句充满平舌音和咬舌音的交叠，会形成密度极高的大舌头效果。

位。这间小餐馆里谁都没空听对方说话,它也成了现实世界的一个缩影。莎拉经常被那些想让她赶紧把话说完的人打断,有时候,那些人是想引导她,但通常还是因为没任何耐心再多等别人一拍。她已经习惯于自己话说到一半就遭到无视,或者对方的注意力全放在她的嘴唇上。语言障碍会让人烦心,而有时候对方的一句评论,更是足以让一个人长久地缄默下去。

"你可以做到的。"女人说。

莎拉点点头,做了次深呼吸,手中拿好那张订单,整装待发地走向厨房。

厨师没有大喊大叫,他低着头忙得团团转,正给七号桌的几道主菜做着收尾工作。

"时间正好。"他说着,把盐撒在最后那道带骨比目鱼上,然后朝她点点头。

她脸上的表情肯定很好笑。

"怎么了?"他问。

"我来跟您说下我这边的下一道菜。"

他开始皱眉,意思是没空听你啰唆。

"四号桌的那个女人想点……"莎拉低下头,准备读出订单,她的手在轻轻地发颤,但她早已把内容记在心里,于是她再次抬起头,扬起下巴,"她想点那道海鲈特价餐,配一份蒸菠菜和一份芹菜沙拉。"

他怔怔地看了她一眼。她将订单放在传菜口,他凑上去研究,似乎在确认她的话。她站在原地等候,她也不确定自己在等什么,但这是她生命中的一个突破性的时刻。崭新时刻过后会是什么呢?

很明显，是回归常态。

"好极了。"他终于点点头，"把这些菜趁热端出去吧。"说着，他摁响了台子上的餐铃。

她面带微笑，端起盘子大步迈向用餐区，脸颊泛红，头高高地抬起，感觉无比兴奋，像人生中第一次挑战跳伞时，那种从令人目眩的高空中一跃而出的感觉。

4

"现在，告诉我。"当莎拉端着海鲈特价餐回到桌前时，女人问，"餐后甜点你会推荐什么呢？"

莎拉一脸笃定："就我个人来说，我会推荐草莓味的牛奶甜酒伴树莓味的雪葩。"[1]

这个独自前来的女人满怀欣喜地鼓起了掌。

女人慢悠悠地吃着，沉思着，节奏分明，有条不紊。接着，她蹬上鞋跟，披上律袍，买了单，留下了慷慨的小费。

接下来的一天里，莎拉继续在岗位上来回忙碌着。有些东西被解锁了，就像有些暗号由一个女人传递给另一个女人。这是一个神奇的暗号，教会她学着接纳自己，教会她不带歉疚地面对自己本来的样子，教会她想说就说，再也不要因为顾忌别人如何看待她而压抑自己的表达。

一切都是源自这个口齿不清的女人。她亲口说要那道海鲈特价餐配蒸菠菜和一瓶不加冰的气泡水，还临时加了一道草莓味的牛奶甜酒伴树莓味的雪葩。

---

[1] 此句也会产生明显而密集的大舌头效果。

吃照片的女人

1

学校有个项目,需要一张儿子在婴儿时期的照片,为此,她找了半天。翻开相册第一页,回忆汹涌而出,将她吸入一个时光的翘曲[1],令她迷失其中,无法逃脱。那确实是一张很特别的照片,斯科特四个月大,两颊鼓囊囊的,像塞得下一整年的美味,藕节一样胖乎乎的腿在空中乱蹬,兴奋地咯咯直笑。他的眼睛始终在她身上,不管她走到哪里,都一直围着她滴溜溜地转,好像她就是他的全世界。她真想凑在他的小肉脸、小胖腿上呲呲几口,一遍又一遍地亲吻他,浸没在他粉嘟嘟的婴儿香气里。

意识到自己的动作时,照片已经被她从隔页纸里抽了出来,放进嘴里,在她的齿间来回摩擦了。她停下咀嚼,睁大双眼,这才意识到自己在做什么。但下一秒,情绪、气味和回忆一阵接一阵推涌而来,将她卷起,她整个人都被裹入一间温暖舒适的茧房中,里面装满爱,装满往日时光。她忍不住闭上双眼,吞咽着。

一阵天旋地转,她感觉自己好像飘在空中。她坐回沙发,

---

[1] 工程学术语,塑件发生了表面的扭曲变形。加入时间的概念后,意思是通过加速或减速来改变时间流动的现象。具象表现可以参考艺术家萨尔瓦多·达利(Salvador Dalí)的《软钟》(*La persistència de la memòria*)。

感受着怀里那个活泼好动的男婴，感受着他的小指头正在抓弄她的嘴唇、扯玩她的头发。他会突然后仰，她赶快将他抱得更紧，将他的脖子牢牢托住。他的小鼻子在她脸上蹭来蹭去，气息那样贴近她。那气息，那皮肤软糯的触感，喉咙发出的咿咿呀呀。还有沙发上那只旧鹅绒毯，她好像正把它盖在腿上，她还能摸到它上面熟悉的针脚，还能想到那些同样熟悉的、封存许久的记忆。她就这样一个人呆坐了十五分钟，沉浸在她的旧时光里。接着，一瞬间，一切就这样消失了。他突然就从她的世界里消失了。

她猛地张开眼，心脏狂跳。她迅速瞥向相册，贪婪地舔着嘴唇，颤抖的手指在一张张照片上兴奋地徘徊。她盯着它们，像垂涎一盒巧克力。她细细挑拣着自己的下一道美味。这一张，是斯科特出生第四天，刚从医院回到家的时候。她一把抓起它塞入口中，紧张地用眼睛盯着门口，唯恐速度不够快。咀嚼相纸的过程相当费劲，得花老半天才能磨碎，她的下巴开始发痛，滋味也让她干呕，但这个劲一过，那些气息、声音和场景立马在她的脑中一一浮现。同时，下巴不痛了，味蕾也平静下来。

那时候他刚出生几天，哭闹不止，总是嗷嗷地要奶喝，总是喝不够。她半夜在喂，凌晨三点在喂，但还没感到疲累，因为她仍处于那两周里极度的兴奋状态，只有单纯的快乐、目的和渴望。

2

"妈妈。"一个声音打断了她，"你还好吗？"

她睁开双眼，站在门口的是今年十五岁的斯科特。他最近看什么都不顺眼，看她也是，但这会儿他眼里出现一丝担忧，肯定是她看起来不太正常。

"嗯，我没事……"她坐起身，感觉额头冒出了一层薄薄的汗，胳膊下面也黏黏的，"我只是在找你之前问过的那张婴儿照。"

他的表情放松下来，走进房间，挨着她坐下。但当他伸手去碰相册时，她下意识地将它紧紧抓住。他看着她，拽了拽相册。她意识到自己在冒傻气，同时也被自己的占有欲吓了一跳。她最终还是让步了。他翻相册的时候，她的胃咕咕叫着，心脏也怦怦乱跳。她还需要更多，她需要往事的触动，需要置身别处给予她的修补。

"那张我刚出生的照片在哪儿呢？"他看着相册前几页的空白处问道。

一个饱嗝，被她忍住了。

3

那晚过后，她会在大家睡着时坐起身，感觉无比清醒，并涌出一种欲罢不能的渴望。她看着丈夫，回忆着初遇时他的样子，未经岁月雕刻的他的样子。她拨开床边的物件，拿起相册，溜进漆黑的客厅，接着，兴奋地跃入了第一次见面的那个夏天。

无限的激情，沸腾的交融，让人心痒的暧昧表情和温柔的轻抚——她重温着那些点点滴滴，把照片一张接一张地塞进嘴里。然后，她躺在沙发上回味过往的一切。感官纷纷放大，有欢愉,有兴奋,有不确定性,还有对未来的希望。

她的父母已经不在人间了。她爱怜地拂过照片中双亲的脸,一阵狼吞虎咽,接着,童年的相伴时光一一浮现:一起庆生,一起度假,一起迎接圣诞的早晨,还有第一天送她去上学。往后那几天,她用不变的方式,流连在她的童年时代——到青春期时,她停了下来。一言难尽,她不想回到那几年,她翻篇了。

她对照片的需求量越来越大,她的渴望源源不断。迷失在旧时光的感觉很美妙,但实际上,进食照片是一个艰难的过程。

慢慢地,她学聪明了。

她给照片刷上橄榄油,撒点盐,撒点黑胡椒,在烤盘上摆好,放入烤箱。等它们烤得脆脆的,她再把它们丢进搅拌机中搅成碎屑,撒在自己的晚餐里。和家人围坐一桌时,她可以在自己的世界里如痴如醉,同时又能不动声色地陪伴在大家身旁,再也不用大半夜偷偷摸摸爬起来翻相册了。这是令人兴奋的。因为她无法预知自己将迷失在哪一段回忆中,她并未给碎屑做标记,所以,那些击中她的感觉,那些复活的岁月和时光,都是意想不到的。这些惊喜的感觉夹杂着身临其境的快感,让她深陷其中。

她找了一些新方法来消化她的记忆:将照片碎屑混在茶叶里,注入开水。这样一来,记忆的浓度将保留一段时间。她目的明确,她想要这些记忆和最初一样浓烈。她将茶静置一夜,然后凉着喝下去。她还把碎屑装进小塑料袋里随身携带,当她和家人一起外出,好几个小时都摸不着相册时,它们就会派上用场。当渴望袭来,她只需要打开小小的袋子,把碎片倒进开水里喝下去就行。渴望袭来时伴生的感觉通常无比强烈,她的眼底会痛,胃开始痉挛,身体止不住颤抖,就像极度饥饿的症状那样。这些症状刚开始是一天一次,现在越发频繁,因为她沉溺在这样的快感中无法自拔。

4

她察觉到丈夫的担心,却假装若无其事。她意识到自己最近有些魂不守舍。她回避着朋友的陪伴,选择待在家,沉溺在她的旧时光里。她没打算长此以往,只要度过当下就好,帮她过完眼前这一天就好。生活已经发生了如此多的变化,孩子们都进入了青春期,不再像从前那样需要她了;当然,她和丈夫的关系也变了,都二十五年了,必然有变化的。她正在留意这些变化,她认为自己正处在某种过渡的、需要反思的阶段。而流连在过去时光里,那种被需要、被渴求、被无比珍视的温暖舒适的感觉让她感到更安全。

那天,她外出几小时后回到家中,丈夫正一脸惊讶——她把那个装着碎照片的佐料包忘在了家里。后果就是,午餐时,她不能像平时那样把它们撒在沙拉上,那顿沙拉吃起来冷冰冰的,一点幸福感也没有;她喝的那杯茶没有对她产生任何作用,整顿饭都吃得很无聊。她坐在餐馆里,眼前的一切让她内心空空的,提不起任何兴趣,她感觉自己活像个需要戒毒的瘾君子。而现在,她看到丈夫坐在餐桌旁,面前摆着那些空空的相册。

"照片去哪儿了?"他的语气中没有愤怒,但似乎有某种忧惧。

她朝开水壶走去,她需要点让自己心安的东西,或许是那张俩人在沙滩上拍的蜜月合照,它拍得很好,她一直留着;拍那张照片的时候,她觉得他可以保护她免受任何伤害。

"别,"她刚想往水杯里倒那包佐料,他伸出手,轻轻地挡住了,"先别拿这个东西。我不清楚这是一包什么,但它总是让你心不在焉。跟我讲讲吧。"

她在他身边坐下,感觉内心的挣扎好像在消失。

"你对这些照片做了什么?"他又问了一句。"我看你一直拿着这些相册。"他一页一页地翻看,"我们所有的回忆都不见了,你对它们做了什么?"他睁大了眼。

"我把它们吃了。"她平静地说着,而他一脸震惊地看着她,"真的,我把它们吃光了。"

"我还担心你是不是把它们全扔了,或者全烧了。"他说,"听你这么说,我倒松了一口气,虽然这个行为……"

"很反常,我知道。"她说。"最早是从学校需要斯科特的一张婴儿照开始的。我从阁楼上取下这些相册——我们为什么要把它们放在那儿呢,一个我们都注意不到的地方?"她问着,他却摇摇头,不是很认可她的话,"接着,我就翻到了在他出生后第一个圣诞节的留影。"

丈夫笑了,他记得:"他穿着圣诞布丁服。"

"你记得?"她整个人仿佛一下子明亮起来,"他呀,真是一只小布丁,小胳膊小腿,滚来滚去的。"

"那个小男孩呀,永远喂不饱,我还以为他要把你榨干,让你整个人消失不见呢。"他回忆着,和她一起大笑。

"他看起来是那样可爱,而且我记得我们生命中的那段时光。"她看着他,眼中带着满足,"它好像就是昨天的事,但它永远停留在了昨天。它永远消失了,再也回不来了。我克制不住自己。"她用纸巾擦擦鼻子,"一切都太匆匆了,一切都在不停地变……我每次吃照片,都能回到彼时彼刻,回到那个场景,在那里,无论是正在发生的事,还是即将发生的,我都带有觉知,都感觉比此时此刻更安全。我好怀念那些时刻。"

5

"我们依然在创造时刻。"他温柔地说,"过去并未消失。我们经历的每分每秒,早已成为我们身上的一部分。点点滴滴,就这样构成了我们。"

这样的话她从未听过,她得好好体会一下。

"但我们还有很多新的时刻可以创造,我觉得你忽略了这一点。我们都在这里,和你在一起,每天都在创造很多时刻,可是最近我们发现你缺席了。我知道孩子们也有这种感觉。对了,你看看这个。"

他拿出手机,划过一张张照片。有些照片里根本没有她的身影,有些照片里即使有她,她也是一副不看镜头,一脸迷离的样子。

她认真地看着照片里的自己,眼眶湿润。这绝对不是她十年之后想吃掉的照片。她一脸悲伤,而丈夫向她伸出双手。

"我们好想你,我们想让你回来。"

他将她拉近,像第一次邀请她跳舞的那一晚;他吻上她的唇,像第一次和她在海滩上牵手散步的那一天;他将手指穿过她的头发，紧紧拥着她，像第一次做爱那样。一个深长的吻，像一种告白，一种无声的互诉。像回到曾经的日子，回到第一次以情侣身份一起出席的那场婚礼，那个亲眼见证共同的朋友终成眷属，也在彼此心中许下了相同愿望的时刻。那个吻，交换着他们的心中所愿。她恍然惊觉，最近的时光都被她浪费掉了。

此刻的吻，为彼此互诉衷肠。一个崭新的时刻。

什么味道的照片都比不上它。

忘记自己名字的女人
———————————

1

她感觉无比抓狂，晚上要外出，而她只剩二十分钟的准备时间了。这个周六是亲子活动日：戏剧、足球、艺术；接下来还有两场生日聚会。她的行程密密麻麻，送完了这个，马上就要去接那个。再加上她答应过另一个妈妈的请求，这意味着她要多照看两个小孩，其中一个还把一只脚卡进了安全带，导致下车时被绊倒在地，撞到了头。戏剧没看成，医院也没去，一晃就到了晚餐时间。趁孩子们正在吃饭，她抓紧时间冲了个澡，希望保姆能赶在自己出门前到家。

出租车已经到了，但她还在收拾，司机因此变得不耐烦。五分钟后，司机坚持说她让他等了十分钟，然后俩人就她迟了五分钟还是十分钟吵了一架。她一下子就毛了，血液直冲头顶，出去吃饭的心情荡然无存。再多说几句话，再多点精神刺激，她就完全没有空间想自己的事了，连放空的空间也没有了。如果能放空一下，她会感觉好一点。

她走进餐厅，不明白为什么才洗了澡，现在却又满身是汗。也许是刚刚吹风机温度太高，吹到她炸毛，出租车也热得像个烤炉。她能感觉到脸上正在掉妆。她很紧张，心神不宁，晕乎乎的，搞不清自己到底在哪儿。而餐厅经理正一脸期待地看着她。

"不好意思。"她一边说，一边摘下脖子上裹得严严实实的围巾。那部分皮肤终于可以畅快呼吸一下了。她又看了看经理，皱了皱眉。她摘下手套，脱了外套，一副慢半拍的样子，有一位侍者上前接过她的衣物。

"谢谢你。"

她这会儿感觉不那么晕了，皮肤没那么黏了，体温也在下降，她觉得脑子清楚多了，不过……她又朝经理看过去，看到他的名牌：马克斯。

"抱歉，"她皱皱眉，"你刚刚问我什么？"

"问你的姓名。"他礼貌地笑笑，"或者，预定人的姓名。"

她的脑子里一片空白。

彻底的空白。

"我用我的名字预定的。"她抓紧时间寻找着思绪。

"所以是……"

"定了晚上八点。"她看了一眼钟表。别的不说，她只迟到了五分钟呀。

"一共几个人？"他试着引导她。

"两个。"她想不起来跟谁一起吃，但对这个数字很肯定。她紧紧闭上眼，什么都没有，脑子里一片空白，她怎么想不起她叫什么了？她想啊想啊，想到家里的样子，那栋房子的样子，她的三个孩子，她的工作，她的办公室，还有她角落里那张办公桌，桌子后面有一双高跟鞋，晚上就搁在原处。那是一双她穿了很久的黑色高跟鞋，很多场景都能搭——倒也用不上多少场景，因为没几个人看她的下半身，她一直坐在桌子后面接电话，甚至一天里的一半时间都光着脚。她又试着想她的同事,在脑子里播放着同事们谈话的声音,还有白天工作的画面。如果她能看到大家跟她说话,那肯定就能想起她的名字了。

"你能把这个做一下吗?你能打个电话吗?你能做个小甜心……吗?"

她并没有听见谁念起她的名字。

她又想象自己回到家后,和三个儿子在一起时的画面。"妈妈,妈妈,妈妈。"妈妈个没完没了。

"我觉得应该不是用'妈妈'预定的吧?"

马克斯大笑:"恐怕不是吧。"

"或许你能给我一点提示。"她斜靠在前台上,一边说,一边看向预订单。他用手遮起来,她立马退回身去。

"不好意思。"

她想到了她丈夫那张帅气的脸。他是怎么叫她的呢?甜心。宝贝。小甜甜。她早上准备要给孩子们带去学校的三明治午餐时,他出现在她身后:嘿,辣妹。

她对自己笑了笑。

"今晚有三桌预订了八点,都是两人桌。"他继续引导着她,"有一桌已经坐了一位先生了,说不定你认识他?"

2

她跟着经理朝餐厅里面走去,有个男人一看到她,立刻站起身,表情也亮起来,好像跟她认识。

马克斯咧嘴一笑,放心离去。一旁的侍者已经拉开椅子,等她入座。她跟这位先生打着招呼,紧张地笑了一下,她在自己的记忆库里四处搜寻着他,仔细排查着边边角角,一处也没敢放过。他至少比她大二十岁,发量不多,西装得体,没那么新颖时尚,但看起来很可靠,而且落落大方。她紧紧地抓着包,在他的容貌里寻找着各种线索。

"你好。"她说。

"是我呀,尼克。"他举起双手说着,好像要展示什么商品那样。

她紧张地大笑:"尼克,我是……"她停顿了一下。

"你是凯伦啊,不然呢。"他把话截住,"坐吧,坐吧。"

"凯伦。"她念着这个名字,体会着它在嘴里的感觉,她甚至卷起舌头拼了一下,看它对不对劲。她不太肯定,但脑子里依然是一片空白,如果这个认识她的男人说她是凯伦,那么这会儿这个想跟他争论的人又是谁呢?

"不好意思,我迟到了几分钟。"终于,她开口了,"刚才有点没搞清座位在哪儿。"

"哦,不必道歉,我来早了。是我太心急了,或者说,太紧张了。这么长时间,终于见到你了,真是太好了。"

"多长时间了?"她眯起眼睛,试着把他想成一个年轻点儿的,以前在哪儿见过的男人。

"三个月了?我们应该再早点儿见的,不过这是我的错。自从南希去世,我就一直对出门见人有点紧张。"

"南希……"她看出了他脸上的悲伤和失落,"你的妻子。"

"南希是我心中挚爱。"他说着,眼中满是难过,"朋友们专门叮嘱让我不要这样,我不该聊她。"

"聊聊她吧!"她鼓励着他,"我完全能理解。"她说着,不自觉地把手伸过桌子，握住他的一只手。

"谢谢你。"他用另一只手掏出口袋里的手帕，擦了擦眼角。"约会禁忌第一条，"他苦笑了一下，"我一上来就谈论我的妻子。"

她有些僵硬，像被冻住了。接着她像蛇行一样沿着桌子慢慢收回她的手，不想被人察觉。这是约会吗？她的心怦怦乱跳，她想起她的丈夫和他那张帅气的脸。嘿，辣妹。她不会跟这个男人有外遇的，会吗？她难道什么都不记得了吗？

"奈杰尔。"她开口，打断了他关于南希临终前最后愿望的讲述。

"是尼克。"他不太高兴地看着她说。

"啊对，尼克，没错，我是想这么说来着。"她看了一眼前台，马克斯正背对着她站在那里。她想引起他的注意，但他正埋头专注地看着预订本。她忽然想起她的手机，她可以从那里面的信息里找出她的名字。她拿起包，一阵翻找，尼克注视着她。

"你还好吧？"

没找到手机。她是落在家里了还是出租车里了？哦，对，是家里，她眼前一下子有了画面：她的手机就在洗手间的水池旁边，跟一堆化妆品和刷子乱七八糟地放在一起。如果出现什么问题，她希望保姆会给餐厅打个电话过来。不过，就算餐厅喊了她的名字，她会意识到是在喊她吗？她开始担心，抬眼看了看这个自称正在和她约会的男人。

"尼尔——"

"尼克。"他皱皱眉。

"尼克，对，尼克，你很可爱，但我觉得我不是那个适合你的女人。我是说，理论上我不是你要找的那个女人，我想我不是凯伦。"

"不是？"

"不是，我现在有点认同危机[1]，还请你稍微体谅一下，话说我们以前真的见过面吗？"

"你用邮件给我发过你的照片……虽然你确实看起来，我说真的，比照片上的样子年轻太多了，不过这种事情往往会反着来。"他迷惑地皱了皱眉。

3

马克斯出现了，穿过餐厅去给一位刚到的客人带路。她一脸焦躁，嘴里抱怨着一场事故搞得交通堵塞的事。马克斯走上前，睁大了眼；他看着面前的新客人，嘴唇动了一下：凯伦。

女人站起来，拿起了她的包。尼克一脸惊讶地看着她。

"你这就要走了吗？"

"尼克，你是一个很好的男人，祝你找到幸福。"她靠上前给了他一个拥抱，悄声说，"不要讲关于南希遗愿的故事了。"

"不要讲？"

"不要讲。"她温柔地说。

他的视线越过她的肩，然后脸红了，就好像她消失了一

---

[1] identity crisis，是美国精神病学家和发展心理学家爱利克·埃里克森（Erik Erikson，1902—1994）提出的，即人在成长中或社会化的各个阶段都会遇到各种心理问题。如果个体不能建立并保持自我认同感，则出现自我认同危机，即不能确定自己是谁、不能确定自己的价值或生活方向。

样,因为他眼里只剩下凯伦。

"凯伦!"他惊讶地说,"我这是在做梦吗?"

凯伦明显没那么焦躁了,她紧张地傻笑了一声。

那个记不起自己名字的女人赶紧走回前台,同马克斯站在一起。

"所以那根本就不是我的桌子。"她咬着嘴唇紧张地说。

"你别说,哈哈,这还挺有意思的。"他大笑,向前俯身,一副别有用心的样子,朝整个餐厅看了一圈,"我们还有两张保留下来的两人桌。一位客人已经在五号桌等了,但八号桌的客人还没到。如果再没人来,这桌预定就作废了。"

"但我应该在这儿的吧。"

"你已经在这儿了。"

"你知道我的意思。"

"我知道,你说得对。"

"你知道的,你只要给我念一念预订单上的名字,我就没这么为难了。"她又朝预订单瞅过去,他立马用手遮住。

"你还能说出点记得住的事吗?"

"我应该能吧。"

"你应该不太能。这样,我觉得你试试这个方法,更能解决问题。"他朝四周看看,眼中一亮,"试试她吧,五号桌那位。"

4

女人打量着五号桌的客人。她很前卫,身上的衣着很可能在下一季的麦迪逊大道[1]上看到。从发型到眼镜框,她身上的一切看起来都很昂贵。

女人叹口气:"她看起来不太面熟。"

"你连你自己的名字都记不住,再提什么面熟不面熟的事就更离谱了。试试她吧。"他说完,就不管她了,前去迎接几位新来的客人。

女人深吸一口气,整理了一下衣服。她挺喜欢现在的打扮,不过,要是再多给她一分钟的打扮时间,她就能挑一些更好的了。五号桌的女人从头到脚都是黑色,看着十分优雅,而忘记自己名字的女人穿着五颜六色的百褶裙和衬衫,感觉自己像个小丑。她本应该保持简洁,她刚想把脖子上的一圈项链摘下来,但来不及了,那个女人已经在看她了。

她停在桌前,期待着女人开口请她离开,说自己在等别人。

"是奥莉维亚吗?"当她走近,桌前的女人开口问道。

忘记自己名字的女人噘了噘嘴,坐下了。她心想,奥莉维亚这个名字好像也不耳熟啊。"你好。"

"我是维罗妮卡·普里查德。你今天能来,真是太感谢了。"

"不必客气,维罗妮卡。"女人清清嗓子说。马克斯前来给她倒水。

这个成熟稳重的女人突然显得很紧张,像平静的湖面泛起

---

[1] Madison Avenue,美国纽约市曼哈顿一条南北走向的大道,这一带聚集了大量著名的时尚设计师和高级发型沙龙,被视为"时尚街"。

一丝涟漪。而忘记自己名字的女人正等着她开口。

"我想我应该跟你说说我为什么联系你。"

"请说说吧。"她连喝好几口水。

"嗯,有人告诉我,你是最好的,这是自然了。"

女人嘴里发出了噗的一声,她赶紧放下了手中的水杯。马克斯眼珠一转,走开了。

"我在我的公司已经工作三十年了,但我从来没遇到过这种情况。老实讲,我以为这种事只会发生在内心脆弱的人身上,而我的内心向来很强大。"

女人继续听她说着。

维罗妮卡清清嗓子。她几乎每一根手指都戴着戒指,两只手显得无比沉重。

"我在调香行业待了三十年,创造出了三十种味道的香水。除了圣诞特别款,我创造它们的过程都非常顺利。有几年,我的灵感源源不断,得从好几项选择中仔细斟酌。可是现在,我的那些灵感都枯竭了,虽然它们并不是最巧妙的灵感,但我不得不承认:我到瓶颈期了。所以我联系了你,人们告诉我你是全国范围内能找到的最好的缪斯。"

记不起自己名字的女人怔怔地看着她:"缪斯?"

"启发者,随你怎么叫吧。"她满不在乎地扬了扬手,"我听人家聊起你时都这么说,当然,没那么高调,就我们这个圈子里在聊,别多想。我知道你喜欢神秘一点。"

"神秘。没错。"女人感到紧张。她在调取脑中的记忆,她看到了自己坐在办公桌前接电话、处理各类预约,但她并没有觉得自己是个启发者。想想在家跟三个儿子和丈夫在一起的样子，就更不觉得了。手头事情太多，她分身乏术，哪有机会启发别人。

"跟我说说你的香水吧。"女人一边说，一边伸手拿了块面包塞进嘴里，这样她就不用开口说话了。

"都是很华丽、很昂贵的。每一款都能带人进入一个绚烂浩大的时空，超越日常，超越平淡。"

"平淡有什么不好吗？"女人皱着眉问。

"你说什么？"维罗妮卡被问得猝不及防，她刚准备展开聊聊。

"你为什么想超越平淡呢？"

"这样一来，人们可以感觉置身他处，暂时逃离当下。我想让我的香水打动人心，打造特别的感觉，如梦似幻的感觉。"

"我发现气味的神奇之处在于它可以带你回到记忆中的某个点，某个你生命中无比重要的时间点，让你瞬间如魔法一般身临其境——"女人打了个响指，"没有其他任何事能像这样打动你，如果有，那可能是一首歌吧。"

维罗妮卡考量着她的话："但我跟别人不一样的地方就在于我加入了奢侈的元素。"

"我并不是在说做什么爱尔兰炖菜香料。"女人大笑，又想了想，说，"遇到我丈夫的时候，我总感觉他的皮肤闻起来像棉花糖。"她聊起自己的故事，"总是那么甜甜的、柔柔的。现在，我的孩子们也给我同样的感觉，我们有了三个闻起来奶乎乎的、香甜的小宝宝。不管什么时候，只要看到棉花糖，我总能想到他们。它现在已经是一种平凡的气味了，但却能带给我非凡的感觉。"

"棉花糖……"维罗妮卡反复咀嚼着这三个字。"有趣。说真的,这相当有意思……"她向前直起身子,好像忽然中弹似的,"我这阵子一直在有针对性地寻觅着,但始终找不到那个合适的搭配。是针对香槟的。和什么搭呢?草莓的气味太喧宾夺主了,太……迎合大众了,不是我的风格。但现在你提醒了我,我妈妈以前在家做过香槟棉花糖!"她满眼都是亮晶晶的光,一脸得意地拍拍手,"香槟棉花糖,天哪,我妹妹肯定会喜欢!这会瞬间带她回到厨房,回到以前妈妈举办家宴的场景……"她顿了顿,看了看那个记不起自己名字的女人,"奥莉维亚,谢谢你!你真是个天才,你绝对是!你不介意咱们下次再吃晚饭吧?我得马上回一趟工作室。"

她站起来,给了女人一个飞吻,然后一路跑出了餐厅。马克斯上前问女人:"你做了什么?"

5

这时,餐厅的门开了,一位非常时尚的、戴着超大款墨镜的女人正在朝里面张望。

"啊,那肯定是奥莉维亚·莫罗[1]夫人。"马克斯说。

这位缪斯,这位记不起自己名字的女人看了看马克斯,埋怨道:"莫罗?你原本就知道这不是我的桌子吧,我根本不是法国人。"

"你倒是可以嫁个法国人,给自己冠个法国姓氏。"他耸耸肩,眼里闪过一丝狡黠。

---

1 Moreau,法语姓氏。

"我觉得你玩笑开得有点过了。"她一边说,一边站起身跟他走回前台。

"我觉得你也很享受这个玩笑。"他微笑着说,从预订单中画掉一个名字,"一位调香大师的缪斯女神,一位惆怅鳏夫的浪漫导师。"

"你在听我说话吧。"她的声音带了点愠怒。

"忘记自己的感觉一定很奇妙。"他再次直视着她,这一次,他表情严肃。

她皱皱眉:"你不觉得我出了什么问题吗?"

"我看你挺好的,就是有点健忘而已。要不要坐在八号桌?客人再不来,我就准备取消预定了。"

"但是,从八点零五分起,我就一直在这儿了。"

"没错。"

"马克斯,告诉我,最后一位预定的客人叫什么名字?"

他用一只手遮住了,在犹豫要不要移开的间隙,他的手指抽动了一下:"你想知道的话,我可以告诉你,或者……"

"或者什么?"她眯起眼睛,一脸怀疑的表情。

"或者,你可以等等看。看最后一位出现在八号桌的人,会不会让你想到你是谁。"

女人一下子紧张起来:"那万一对方不提醒我呢?万一到最后根本没人出现呢?"

"那你就回家呗,你家住在哪儿,你总记得吧?"

那个地址马上浮现在她的脑海中,她看到了,她闻到了,也感觉到了,于是她点点头。

"试不试,你来决定吧。"

6

她在八号桌坐下了,感觉忐忑不安,眼神从钟表移到餐厅中部那支发着暖光的蜡烛上,侍者来回经过时,它便肆意地闪烁起来。万一她不认识那个人呢?万一她永远都记不起自己的名字呢?当然,丈夫会告诉她,但她更希望自己能牢牢记住,记住自己的名字是一件有价值和重要的事。

餐厅的门开了,一个女人走进来。她优雅、漂亮,却又因为迟到显得有些慌乱,她向室外甩着雨伞,口中抱怨着车祸影响出行的事。马克斯一脸期待地看着那个记不起自己名字的女人,女人能看出,他其实很关心她记起自己名字的事情,他似乎也希望她知道这一点。她笑了。

当她看清那个女人的面孔,一切马上浮现在她的脑海当中。

她一下子想起了自己的名字,当然了,她当然会想起来,因为她看见了在这世上第一个将她抱在怀中的女人,第一个安抚她、亲吻她、念她的名字的女人。

"嘿,妈妈。"她站起身,张开双臂,上前拥抱对方。

随身携带一块表的女人

1

女人从她的姨母克里斯托[1]那里继承了这块怀表：漂亮的金质贝壳形状，打开便能看到一个嵌着珍珠的钟面。她记得这块表，它像只雏鸟，总是窝在姨母丰润的胸脯中探头探脑。小时候，她坐在姨母的腿上，将这块小贝壳打开又合上，反反复复，玩得不亦乐乎。姨母说它里面有魔法，而她对此深信不疑。

克里斯托在去世的前几周将它交给了她，说自己的时间马上就到尽头，无须计时器来算日子了。克里斯托独居了一辈子，始终未婚，也从没生过孩子，就算她曾经爱过某个男人，女人也从未亲眼见过他的样子，他的形象只存在于克里斯托的讲述中。克里斯托常说，有些东西是她想要的，但从来都遇不上对的时间。钟鸣漏尽，时间就这样从她身边流逝了。

这块表始终挂在姨母的脖子上，依偎在她的胸前，紧贴心脏，像一颗海贝附着在礁石上，陪伴她度过了大半生；而现在，它又贴在女人的皮肤上，感受着她的心跳声。

她三十七岁了，耳边钟表的嘀嗒声从未如此响亮过。它响得让她睡不着。她看着身边蒙头大睡的男友，想知道她和他之

---

[1] Crystal，女名，本意为水晶、结晶，以及钟表的原材料石英晶体。

间的关系何时会出现改变，何时能够迈入下一个阶段；这是他又一次大半夜满身酒气地回到家并撞上门框了，她要如何提起这种事才不会让他抓狂呢？他对现状挺满意的，她也差不多，可是呢……他的脖子上又没挂什么表，也不需要面对谁的指手画脚。

夜里，她躺在床上睡不着，感觉心烦意乱。她手里拿着那块小贝壳，感受着它的振动。她回忆起跟朋友一起喝咖啡时，她们都带着自己的孩子，她不知道是自己出现了幻听还是嘀嗒声真的在变大？所有新晋的年轻妈妈都在休产假，只剩她一个还没生过孩子。

嘀嗒。嘀嗒。嘀嗒。

"什么声音在吵？"她的朋友四处张望，一脸烦躁地问。

"我也在纳闷这个声音。"另一个朋友开口了，一个脸颊圆乎乎的婴儿正含着她的乳头。她们俩抬起疲惫无神的双眼，同时向四周看了看，随后把目光落在了她身上。

"那个嘀嗒声，是你身上的？"

她已经把她的小贝壳塞进了羊毛衫里面，想着这样能起到吸音效果。虽然效果并不是很好，但所幸朋友们因为带小孩忙得团团转，根本无暇再深究这声音了。

在她接受图书馆高级档案员升职面试的过程中，嘀嗒声再次变大了。面试在一间嵌着木板墙的大厅里进行，大厅的地板上铺着大理石，天花板很高，阳光肆意地穿过一扇扇大落地窗，将昏暗的木质表面照得油亮，细小的尘埃在一道道光路中明明灭灭。各处坚硬的表面和整个空旷的场地造就了完美的传声效果，嘀嗒声在整个空间内回荡着。

"你知道这项工作需要花更多时间吧?"会议桌后面的一位面试官问。

"是的,我知道。"

嘀嗒。嘀嗒。嘀嗒。

"你要负责投标资金、管理预算以及监管员工。这是对整体策略负责,要担的责任更重。"另一个人插话说。

"是的,我很清楚。"她很清楚他们真正想问的东西。一个男性团队并不想雇佣一个突然需要去休产假的女人。她想要这份工作,她也想要个宝宝。她想要兼得,不过从身体的角度看,对其中一个的需求显然更迫切。

嘀嗒。嘀嗒。嘀嗒。

面试官只能不断抬高嗓音,才能盖过她脖子周围传出的嘀嗒声,让她听清他的话。这声音响得连三层衣服都遮不住,它在大厅中的每一个坚硬表面上来回弹跳。他们很快就结束了面试。

她躺在床上,思考着这一切;她一边看着男友把脸蒙在枕头里,一边将贝壳的锁扣开开合合。

"我不能再这么做了!"男友突然大喊一声,吓了她一大跳。他一把扯下脸上的枕头冲着房间另一头扔过去,然后赤条条地站在她面前。

她以为他睡着了,但他现在完全清醒,瞳孔放大,满眼都是狂怒,胸腔起起伏伏,好像刚刚经历过一场狂奔。

"亨利,"她声音低低的,有点害怕,"你在干吗?"

"我做不到这个,我做不到。"

"做什么?我没有叫你做什么呀?"

"你是没有，但我能感觉到，我能听得到。"他指着她脖子上的表，"这种感觉就像我身后一直站着一个人，下巴抵着我的肩膀，死死地盯着我，如影随形，怎么都甩不开。我还没想好要孩子，我还没走到你那一步，我都不知道我会怎么样。"

她惊讶地盯着他，老实讲，她不该有惊讶的感觉，她该知道这是迟早的事。他不能离开她，她想。彼此已经将三年的时光投入了这段关系，漫长的三年，如果他现在抽身，她还要再花三年找个人经营到这一步。她在脑中规划着一个个时间点：失去了亨利，努力振作，治愈破碎的心，准备好再次约会，遇到对的人，彼此承诺，最后安定下来。这一切实在太耗时了，她没时间了，他不能走。

亨利突然吼了一声，她看到他用双手死死地捂住耳朵，嘀嗒声吵得她根本听不清他的叫喊，但她能看到他脖子上青筋凸起，鼻孔也张得老大。他抱着脑袋，好像犯了偏头痛，好像那嘀嘀嗒嗒的声音直往他身体里钻。

"把电池取出来。"她读出了他的唇语。

"我做不到！"她摇摇头，把手中的表攥得更紧了。

他上前要把表从她脖子上拽下来，她迅速向后一闪。

"我不会取的！"她喊道。电池要是没了，她就又一次，并且是彻底地失去了克里斯托。这嘀嗒作响的怀表就像她姨母跳动的心脏，她无法让它停下来。但目前，她还解释不清这种想法。这声音太大了，他惶恐不安，而她很困惑。

"这是个礼物，亨利！"

"这是个诅咒！"他大喊，"要我还是要这块表？"他深棕色的瞳仁灼灼地盯着她，几乎要在她身上燃起火来。

"两个我都要！"她回答。

"你不能两个都要。"他摇摇头，开始穿衣服。

她看着他把衣服一件一件扔进包里。她对一切感到无力，无力行动，无力开口，她能做的无非是思考这些耗掉的时光，以及她在他身上投入的精力。她曾期待着、祈祷着他能成为那个人——不是住在心里某个地方的人，而是和她携手迈向下一个阶段的人。这个时机应该正好，三年了，大家也都成熟了。应该就是现在了。

一个宝宝。她想生一个宝宝。这是她身体里存在的一种向往，不断生发。她的大脑告诉她现在的生活就挺好，但她的体内就是存在着某种渴望。就好像只有食物才能解决饥饿，只有喝水才能缓解口渴……她的身体有一处是空的，心里有一处是空的，她的子宫是空的，唯有另一个生命才能将它填满，一个她可以创造并滋养的生命。伴侣给的爱还不够，她还想要更多。

一份生命的缺席感已在她的体内浑然鲜活，日复一日地生长，时间就是它的食粮。她无法对此视而不见，如果她因为觉得这件事会给另一半带来麻烦而忽视它，那未来再后悔就来不及了。而他不知道为尚未发生的事充满遗憾地活着是什么滋味，害怕也好，恐慌也好，这一切都随着他拉开门的动作一起溜走了。

亨利已经离开了，这嘀嗒声现在震耳欲聋，警察来到了她的家门口——噪声遭到了一个邻居的投诉。警察一进门便纷纷用手捂上耳朵，这声音实在令人难以忍受。

一位女警官和她坐在一起，直到嘀嗒声再次安静下来。她的眼神体贴而担忧，又带着一些疲惫。女警官用平静和缓的语调跟她说话，还给她泡了一杯甘菊茶。警察们离开后，她躺在沙发上睡着了，海贝仍然挂在她的脖子上，躺在她的胸口，被她放在那儿的双手紧握着。

2

在图书馆协助学生做课题研究时，工作所需的认真和热情态度可以把她拉回现实。亨利的东西全从房子里搬走了，她的周围一片空空荡荡，因为他不在，所以家里空了，她的心也空了。她感觉身心俱疲，他走后，她几乎没睡过一个整觉。已经一个月了。

嘀嗒，嘀嗒，嘀嗒。

她正在给一个女学生演示如何使用设备，此时一个声音在耳边响起，她停止了讲话。

嘀嗒。不过这一次不是从她脖子上的海贝里发出来的。

她看看四周，寻找着声源。这座声名赫赫的大图书馆并不喧哗，仔细去听的话，可以听到压得很低的说话声、吱吱嘎嘎声、尖锐的什么声音、咳嗽声、清嗓子声、打喷嚏声、擤鼻涕声，还能听到椅子腿正拉开、有人正走过、书页被翻开、东西掉在桌子上、书被放回了架子上的声音。

好像是为了回应远方传来的嘀嗒声，她自己的这只贝壳计时器也响了起来。她的嘀嗒声和那个神秘的嘀嗒声正在进行一场对话。她紧紧抓住它，像抓着一枚给自己带路的指南针。她先是向电脑前的学生们扫视一圈，很明显，声音来自别处。她离开原位，在安静的过道中穿行，书架上的灰尘在她身后一路飞扬，大理石地板上阵阵回响着她的脚步声。她跟随着那个声音，但它很有迷惑性，因为那嘀嘀嗒嗒声在墙面、书架和大理石地板上四处反弹，捉弄着她。当她靠近，它便更响，而她胸前的怀表会做出回应。两个嘀嗒声并没有齐奏，它们是独立的，各自有力，愈发响亮。

在一本本书的迷宫中艰难跋涉了一阵子后，她发现钟表的主人就在物理类书籍那里。在诸多书架后头，那是被单独隔开的一片区域。主人无路再走了，这个拐角就是尽头。这里进出只有一条路，女人站在入口，内心怦怦乱跳，它狂乱的节奏和那块表恒定的嘀嗒声形成鲜明反差。她的怀表很响，响到不管是谁在那架子后面都能听得清清楚楚，安静的图书馆里充斥着它的回声。

"您好？"她听到一个男人在叫她。

她一脚踏入架子背面的区域，他便出现在她的视线里。钟表的主人。她看到那块表就戴在他的手腕上，接着她看到他手中拿着一本书，一口气忽然卡在她的喉咙里。《时间的非实在性》，剑桥大学哲学家约翰·麦克塔加特[1]针对时间与变化的研究论著。

"B理论。"她屏住气说。

"你读过这本书？"他惊讶地问。

---

[1] J.M.E. McTaggart（1866—1925），在著作《时间的非实在性》(*The Unreality of Time*) 中论证时间是非实在的，因为我们对时间的描述或矛盾、或循环、或不充分。他同时指出两种时间描述，即A理论和B理论。A理论以"过去、现在、未来"的方式指出时间的位置和变化，B理论则以"早于"或"晚于"的方式，即仅仅用事件的先后顺序进行排列来诠释时间。但因为"早于—晚于"的关系不包含A理论提到的变化，故B理论一定不能充分描述时间。

B理论者认为,时间的流动是一种错觉,过去、现在和未来是同样真实的,时间便失去了它的明确性。这的确是她研究过的东西,她时时刻刻都能体会到时间的存在感,它总会在每一个时刻出现之前先行一步。她想搞明白这种感觉。

"你在嘀嘀嗒嗒地响。"他说。

"你也是。"她回答。

"大部分人都会被它吓到。"他无比严肃地盯着她说。

"我没有。"

他和她一样,他也想要同样的东西。

突然,她的嘀嗒声变了个节奏;她不确定是她变慢了还是他变快了,总之是时间上出现了变化。两个人都感觉到了,她的嘀嗒声抵着胸腔与心跳相连,而他的嘀嗒声贴着手腕与脉搏相通,直到最后,两个人的嘀嗒声变得合拍,形成一种齐奏。一秒接着一秒,一刻接着一刻,渐渐地,它们安静下来。

她和他同时见证了这种不可思议的时间变化,两种嘀嗒声变得同步起来。

一朵乌云从头顶掠过,天空放晴,她的焦虑减轻了,接着,两个人都慢慢地长舒了一口气。

终于。

种下了怀疑的女人

1

普莱瑞洛克[1]是一个世世代代自给自足的部落,有一百户人家居住在这片五十英亩[2]的土地上。这里的公共区域规划合理,每户家庭会负责好自家所属的那块地。村子里有公用的果园、葡萄园、小牧场,还有闲置的土地供居民租来当自家的花园。当财产的所有者去世,转售住宅和土地的责任会落在他们的后代身上,不过这要经过部落的准许。同时,充足的天然土地便会空出一小块,以示对逝者的尊敬,这一小块地未经开垦,静待有人赋予它生命以造福部落的子民。这种思想是说,当你在某片土地种下所爱之人的灵魂,这片土地便会重生并施惠于人。新生命将会从死亡中被孕育出来。

她一辈子都在这个部落过着群居生活,接触到的只有那么一小群人,有时也会觉得沉闷。那些低头不见抬头见的老面孔,那些反复争论的老话题。当然,邻里也是彼此的慰藉。这里几乎看不到新面孔,某个人去世后,其住宅往往会传给某一个家庭成员。大家很难接受外族人士,外族人士进入部落已经是十年前的事了。那是在她父亲生病,家中土地需要人协助耕作的时候,外族人雅各布作为劳工前来出一份力。他是她好一

---

1 Prairie Rock,分别意指"大草原"和"岩石"。

2 约20万平方米。

阵子以来见到的第一张新鲜面孔。

在她十四岁的时候,跟谁结婚这种事就基本定下来了。她和迪肯从第一天上学起就一直是朋友——前后差四天出生,一起玩耍,一起长大,一起爬遍每一棵树;一起跑出边界,想尽法子越过分界线;一起探索,一起学习。他是她的第一个朋友,她初吻的对象,她的初恋。

十八岁的时候,她和他结了婚。典礼在八月丰收节的时候举行,伴娘们一身焦橙色,桌上摆放着稻子和玉米。

她的生活过得也算舒心、安逸,她也乐意在这条路上顺理成章地往前走。他们还没有孩子,没关系,俩人一点也不着急。一年前,迪肯在他父亲和兄弟的帮助下,在她父母的土地上建造了两人的小家,然而俩人刚刚搬进去安顿好,觉得生活有了新方向时,她的妈妈病逝了。妈妈刚走不久,紧接着爸爸也生了病,随妈妈去了。父母走得实在是太快了,如今只剩悲伤和胸口的疼痛陪伴着她。父母的离世给她留下了一个意想不到的空洞,她清晰的头脑变得一片混沌。

她已经是一个成年女性了,但她仍感觉是因为父母她才在这里、这个族群中、这片土地上。父母是普莱瑞洛克部落的创立者,是这个小而集聚的族群中的主心骨。尽管她已经有了丈夫,正满怀希望地建立着属于自己的小家庭,但父母依然是她的支柱,是她的根,而这根茎现在被砍断了。没有了父母,她感觉自己好像在大地上飘着,徘徊不定。即便是在照顾父母的最后几年,她仍然表现出最原始的依赖性。短短几个月,她失去了母亲,又失去了父亲。她为母亲从痛苦中解脱而松一口气,为父亲得以与所爱之人重聚而感到宽慰,但随后疯狂上涌的是她自己连绵不绝的悲伤。她知道自己必须面对这一切,但她怎么也预料不到,失去父母后,无家可归的感觉会如此强烈。她的思绪摇摇晃晃,徘徊不定,她对一切都充满怀疑。她已经失去自己的后援了。

那些从未出现过的想法让她害怕。那些怀疑就像一只只手,掐着她脑中每一个单独的想法,潜在每一个互不相关的念头中,成为她思想的入侵者,死死地霸占着她的头脑,不肯离开。

就像雅各布,这位搬来普莱瑞洛克给父母打理土地的帮工。他也在她的脑海中时隐时现,几乎参与了所有的想法,就像房间里的一处影子,尽管与她没有直接的交集,但始终在场。她不明白为什么她的思绪里始终有他的存在,她想了很多办法去甩掉他,但他一直不肯离开。当他看向她时,那双深邃的棕色眼睛似乎要看穿她的灵魂。她总会将目光移开,但最终他们的目光还是会对上。

2

当一个普莱瑞洛克部落的孩子继承一块新的土地时——父母双亡的她将拥有双倍面积——会由这个孩子自己决定在上面种什么作物。虽然由她做决定,但她当然也得顾及整个部落的需求。于是,每晚都要开会讨论相关的各类问题。不过每周只有一次会议需要全员参与,也就是在这样的场合,她发现,作为话题中心的她,倒成了一个可有可无的角色。

"种果树?"一个声音打断了她的思绪。是巴纳比,他的手指像土地里的根茎。

"嗯……"她的语气中带着犹疑,而大家满脸期待地望着她。

"北部的土壤尤其适合种水果,光照也更优越,那边可能条件更好。"

"我们现在在南部种得挺好的,真是谢谢你了。"哈丽特皱了皱眉。

"你们的工作做得很棒,哈丽特,我考虑的是光照和土壤这两个外界因素。"他不想让哈丽特多心。

这一刻对每个人来说都值得兴奋。失去亲人让女人悲伤,却成全了村庄的收获。为纪念她的父母而种植新的东西,这是给大伙的饭菜中添一道新味的大好时机。

"我听说能种杏树。"格拉迪斯建议道。

"博比已经在他家的租地上种着杏树了。"巴纳比轻声解释说。

"对,但这还不够。"

"我认为对于部落来说足够了,"博比说着,语气中带着一丝不快,"我们还得种多少杏树才算够呢?"

"但我们可以做的还有很多——杏仁油、杏仁酱、杏仁奶……目前我们只是直接吃杏仁。"格拉迪斯看看四周,寻求支持。有的人很感兴趣,有的人没有。格拉迪斯只好耸耸肩:"这由她决定。"

"嗯……"女人又是这个回答。

"种西梅如何?"多萝西提出建议,接着就西梅的价值展开一番演讲,大家耳中听到的全都是她自从生了痔疮后谨遵医嘱顿顿吃西梅的故事。她就像一个在西梅出现之后得以重生的女人,人们会以为那就是她的新恋人。

雅各布，他出现在她的脑海中。他正站在角落，默默看着她。

每个人都照例开始朝对方大喊，口中是那些熟悉的互损，还假装撸起袖子要干架，直到巴纳比默默地摆出了一个讲和的手势，大家才安静下来。

"这不是你们能做的决定。"他轻声提醒大家。

在场的每个人都期待地看着她。

"我真的不知道。"她说，"我不知道。我不知道。"她用双手捂着头，闭上了眼睛。

大家面面相觑，带着点忧虑。

"给她点时间。"巴纳比说。

"但是播种期——"

"给她点时间。"巴纳比再次说道。

开车回家的路上，丈夫迪肯一言不发。她做了个深呼吸准备说点什么，但没开口。

"什么？"他专注地看着她，眼神中流露出焦急，他还放慢了车速。

她摇摇头。

"你刚才想说什么？"

"算了，"她望着窗外说，"我不知道。"

3

尽管巴纳比已经在努力稳住局面，但来自部落的压力还是越来越大。

女人每天都要前往南部那片未经开垦的土地——她得着

手播种的那一亩。土地已经做好了准备，只待她种下种子，但她仍然不知道要种什么。她带着一只折叠躺椅，坐在那上面望着大地，期待着灵感浮现。但灵感没来，走神却常光顾她，她的思绪会一遍又一遍地恍惚，趑回到自己的生活中。问题太多，疑惑太多。

她的朋友以及部落的邻居们会一个接一个地登门拜访，带来自己的计划书、策划纸、针对这片土地的介绍和一些深思熟虑的想法，还有每一种能想到的水果、坚果、蔬菜和庄稼的信息，每一种都带着他或她的个人理由。

比利患有关节炎，他计划种大麻；而莎莉想种茶叶，以重温她学生时期旅行时在一座中国茶园与一个男孩的风流韵事。人人都有自己的想法，有产生益处的，有合情合理的，但每每她被问起，她总会始终如一地给出那个相同的答案：

"我不知道。"

没有别的了，除此之外她不会说别的。

还有雅各布，与她目光相接的人。这个陌生人，这个来自外族的人，充满异域风情，体格健壮，外形英俊，性格深沉，常常赤着上身。父亲还在世的时候，很多次都发现她盯着雅各布看，那时他会向她抛去那种会意的、警告的眼神。她透过厨房的窗户眺望父母的土地时，会看向雅各布。多数日子里，他都同她的丈夫一起劳作，同一视野下的两个人形象截然相反。雅各布魁梧又结实，从双肩、双臂，到后背，再到紧窄的腰身，肌肉线条分明如雕刻一般。而她的丈夫虽然健康精瘦，却又细又高，活像一株豆荚，长长的胳膊上布满了麻绳一样粗糙的肌肉。

"你在看什么呢?"她的父亲会问她。

"我不知道。"

从那时已经开始了,这些疑问和不确定性,在父亲去世前便出现了。

她对每个人都重复这句话,说得如此频繁,天天挂在嘴边,她甚至连想都不想就会脱口而出。她体内的不确定性似乎活起来了,有了属于自己的生命,靠自己的翅膀在飞,接管了她的思想、言语,甚至是她的行为。周围的大多数人开始感到惊讶:一个如此自信的女人,事事有规划,事事都笃定,即使没有也决不担心。

就像动摇她那样,整个部落似乎也开始被动摇。她缺乏确定性这种事会传染,会迫使大家开始思考和怀疑起此前从未怀疑过的事。日常的细小决定变成了举足轻重的大问题,激起一场场热烈的部落集体辩论。

女人呢,似乎变成了一个女王,一个领袖,一个"什么都不知道"的总统,变成了一个人人都想与之分享自己内心不确定性的人。她的怀疑滋养了周围的怀疑,那些怀疑也随之生长起来。随着怀疑在各个头脑中不断长大,她天天盯着看的土地上开始生长出一种神秘的作物。

每天她都会坐在那片地旁边,盯着土壤看,心里不断琢磨着、质疑着,将脑中的想法挪来挪去。人们前来看她,带着野餐,装好咖啡和酒,带着一切需要的或想要的东西,然后将内心所有不知道的东西倾吐而出。她倾听着——她能做的也就这些了,因为对方都不知道答案的事情,她又怎么能知道呢。

大家都无法决定是否要再选爱丽丝当部落首领,多年来她一直担任这个职务。疑云密布下，爱丽丝前去向女人承认，她也在怀疑自己想不想重新当选镇长。她的女儿刚生了孩子，她想好好地做个外祖母，享受天伦之乐。接着，比奇·布朗开始深刻怀疑是否非得在这个部落生活下去。她已经犹豫了好一阵子，她害怕做出改变，但她的周围似乎在发生着各种各样的改变，所以也许她也应该欣然接受改变了。

眼看土壤中长出这样罕见的作物，大家开始讨论起自己的怀疑。这作物很古怪，它朝着不同的方向生长，好像无法决定自己的方向，同时它还生出不同的颜色。有的部分开着花，有的部分像谷粒，有的部分看起来像蔬菜或藤蔓。真是太让人困惑了，谁也搞不清这到底是什么，大家都在怀疑这准是什么特别的东西。

"你种了什么啊？"大家一边问她，一边纷纷趴在地上，仔细研究着这奇特的生物。

"我不知道。"她就这么回答。

4

已经在这里生活了五十年，比奇对留下的怀疑最终达到了让她离开的程度。虽然部落有权决定新人何时可以入境，然而，为了填补比奇的位置，部落还得决定是否对新邻居遵循旧的入境法。怀疑导致大家脑中的想法一变再变。后来，一对年轻男女被邀请入境，两人刚结婚，还不到通常被准许的年龄。这对新邻居和女人见了面，询问能否用那奇特新颖的作物来酿造杜松子酒，并且开办一个手工杜松子酒作坊，同时将香料和鲜花注入酒中以赋予它表现力，好让这杜松子酒散发出全世界独一无二的韵味。

这罕见的令人生疑的庄稼就像一座宝藏,一个独特的生物圈,蕴藏着无人知晓的一切。

听了手工杜松子酒作坊的主意之后,巴纳比顺着这个思路想,葡萄酒酿造能否成为一个合乎逻辑的考虑,接着又想,当初怎么没在那人人夸赞的葡萄园里酿酒呢。于是大家便这么做了。接着,同样地,还有橄榄,大家把它制成了橄榄油;接着是博比家种着杏树的那片小小的租地,它变成了一座杏园,于是有了杏仁油、杏仁酱和杏仁奶。

所有这样那样的怀疑衍生出无数个问题,带来无数场会议,引发无数次不确定做什么的讨论,导致大家的思维和方法一变再变,而大家曾对这类问题坚定不移。所有这样的活动都围绕着一个一动不动的、孤零零的女人展开,她天天坐在田野中的躺椅上,注视着这无法鉴别的作物,一边沉思,一边神游。

"它是什么?"有一天,巴纳比跪在地上仔细查看土壤中伸展出的作物时,她开口问道。

而巴纳比,这个对土壤了如指掌的人抬头看着她说:"我不知道。"

她从鼻腔里哼了一声,没想到自己竟会这样问,也没想到他会这样回答。她用一只手迅速捂上了嘴,可还是忍不住笑了出来。

"连你都不知道,我们又有谁能知道呢?"她大笑道。

"我确实知道点东西。"他说着,站起身,用一副什么都知道的眼神盯着她,"这片田地的名字叫作'我不知道'。你种下了怀疑的种子,现在又培育出了一整片怀疑的庄稼。"

她望过去,田野中的怀疑们正在茁壮成长。

"我认为你所谓的不知道是有问题的。"他说,"我认为显而易见的是,你确实知道一个事情。你知道你不知道,这一点确凿无疑。你对它如此笃定,以至于单纯用你的想法,就能让它在一整片田野中成功地长出来。然而,只有你才能确切地感知到,那个你不太肯定的想法到底是什么。"

他说得没错。

她抬头看看他,好像他的话引发了某种顿悟。

他朝她点点头,示意她该走了。

5

她马上离开那片庄稼,直奔她的车。她迅速往家中赶,她已经确切地感知到她不知道的那个是什么了。她需要马上就到那里,她搜寻着雅各布劳作的那块地,但没发现他的影子。她的丈夫也不在家。

她迅速思考着,跑过了那片丈夫和雅各布好几个月来一起耕作的田野,冲向父母家后面的那座客房,那是雅各布暂居的地方。她咚咚地敲着门,雅各布把门打开了,好像一直在期待着她的出现。

"我得跟迪肯说几句话。"她轻声说。

他走到一旁,迪肯站起身,惊讶地看着她:"嘿,亲爱的,我们刚停下来准备去吃午餐,你要不要——"

"别说了,"她举起一只手说,"我有一些话得跟你说,一些你必须知道的东西。"

雅各布垂下了眼。迪肯一脸紧张地看向雅各布,又看向他的妻子。

"从你说出'我愿意'那一刻开始,你便一直是我忠实的丈夫,我记忆中最好的朋友,我的知己,我的一切。"

他的双眼开始充盈泪水。

"别这样——"

"不,让我说。你一直在问我怎么了,现在是时候告诉你了。"雅各布抬起了眼,她看到他脸上出现希望。

"很久以来,我的心里都充满怀疑,它出现至今的时间很可能比我意识到的还要长。它在我的体内酝酿,我甚至不知道我不确定的东西是什么,但它始终在那儿,挥之不去。我种出了一整块地的怀疑,而它看起来也是如此繁盛。它出现得很快,成长得更快,并一直扩散。但它现在不会再长下去了,迪肯,因为现在我知道了。我知道了之前不知道的东西。"

她深吸一口气,将它吐出来。

雅各布盯着她。迪肯强打着精神。

"我知道你爱上了雅各布,我也知道雅各布爱上了你。"

迪肯看起来既震惊又害怕,而雅各布没有。

"我能看出来,我能感觉得到。一整年来,我每天都在观察你们俩。"

迪肯一点点崩溃,他捂住了自己的脸。

"这些年来,你一个人就可以种出无数片怀疑的田野,长遍这座山头。但你一直隐藏着它,反而培养了别人想要的东西。这种事该翻篇了,迪肯。现在,我要走了。"

迪肯问她:"你要去哪儿?"

她笑着,忽然充满兴奋:"我不知道啊。"是的,她对此百分之百肯定。

退换丈夫的女人

1

女人注视着安妮塔来回搅拌杯中的茶,茶匙碰撞在杯壁上叮当作响。在把茶杯放回茶托之前,她搅拌了十二下,又在杯沿轻拍三下,振落了粘在杯壁上的几片茶叶。

她的另一位朋友伊莱恩正咬下一口司康饼,果酱和奶油从齿间溢出,流在嘴唇上,嘴角也沾着小小的一团,她迅速伸出舌头,像只蜥蜴一样将它舔得干干净净。

"你那条裙子穿着不是挺好看的吗,为什么要退呢?"伊莱恩对安妮塔说着。她嘴里塞得满满当当,一边张嘴一边往外蹦着碎屑。

安妮塔的脸皱成一团:"这颜色和我的肤色是一样的,让我看起来像是有贫血症。"

"听说了吗,戴安有贫血症?"

"怪不得,她在动感单车课上晕过去了两次。"

"我也遇到过,说不定我也有贫血症。"伊莱恩又咬了一口司康饼,碎屑落在了她丰满的胸部。

"这裙子你准备退货还是换货呢?"

"直接退掉。"

"我正在退帕迪。"女人终于脱口而出。

她们俩都惊讶地看着她,好像忽然发现她还在场。

"你正在干什么?"伊莱恩放下司康饼问。

"我正在退帕迪。"她又说,这次说得没那么干脆了,只说一遍会更好受点,"我要把他带回那家商店。"

"那家店还在吗?"安妮塔问。

"你就关心这个?"伊莱恩问。

"拜托!都三十年了。我之前在网上买了一条裙子,退货的时候那家服装店已经不见了。"

"丈夫都有终身担保,随你什么时候想退就能把他们退了,还能把钱拿回来。"伊莱恩说。

"不是钱的事。"女人说着,感觉到心口一阵刺痛。

"那当然不是。"伊莱恩和安妮塔不好意思地看了看对方。

"是让我的生活回归,让我自己回归。"女人说着,感觉刚才那个斩钉截铁的她又回来了,"我这周五就六十岁了,这让我在想一些事情,比如应该怎么度过我人生中的下一个,也是最后一个二十年。"

"要是你能幸运地再活二十年。"安妮塔说着,伊莱恩用胳膊肘戳了戳她。

"当然,我们懂的。"伊莱恩温柔地低声说,"但你要做好拿不到全额退款的准备。退丈夫的时候,店家很难轻易让你拿到全额退款,而很可能是让你把他换掉。"

"这就是为什么瓦莱丽最后换到了厄尔。"

她们俩嫌弃地皱了皱鼻子。

"厄尔还不错。"女人为他辩护。

"厄尔被逮到用鼻子闻女士的自行车座位。他已经被警告三次了。"

"她肯定在需求框那里勾选了下流。"她们俩又是一副嫌弃的表情。

"我不想换掉帕迪。"她解释着,努力让自己平静,怀疑她们并没有真的在听自己说话。她思索着她新生活的下一步是不是要摆脱这些让她忍无可忍的朋友,怎么连她的友谊都发霉了。"我不是想要另一个人,只是不想要他了。"

"你好像很确定。"

"我非常确定。"

"你跟他说了吗?"

"说了,我明天下午就去退他。"

她们俩倒抽了一口气。

"万一你真的得换他的话,你还得再选一个等价的人。"伊莱恩说。

"你们觉得他现在更值钱了吗?"女人不情不愿地问出了这个问题。

"贬值了!"她们俩齐声答道。

"他现在都老了四十多岁了,"安妮塔说,"人们对一个六十二岁的老爷爷能有什么需求呢。"

"没错,但我总以为成熟是一种价值。"女人说着,心里在想帕迪将不再是属于她的帕迪了。

伊莱恩哼了一声,在她的第二个司康饼上抹了更多的果酱和奶油。

"反正,如果你看到哪个更好的,可以自己加点儿钱。"

"我并不是要换掉他,"女人翻了个白眼,"我是要退掉他,只有这一个打算。"

一阵沉默。

"帕迪对此是什么感觉?"安妮塔问。

终于,女人在思考了。

她的眼眶湿润了,开始卸下铠甲:"他感到不安。"

"看吧,他应该知道,这本来就是一直都有可能发生的事。不过,不管他去哪儿,或者有别的人把他带走了,孩子们还是可以去看他的。"安妮塔轻声说道。

女人的喉咙被堵住了一块:"我从没想过会有别人把他买走。"

"啊,我不担心这个,"伊莱恩咬了一口司康饼,腮帮子鼓鼓地插了一句,"我相信这种事肯定不会发生。"

她的鼻子上粘了一块奶油,出于某种防卫欲望,女人不打算告诉她。就当是为了帕迪。

2

女人盯着眼前的文件,发现自己的视线很难集中。退货/换货原因。那些单词模糊在一起。这个小隔间让她感觉呼吸困难,就连那些软塌塌的绿植看起来也很沮丧。天花板很低,中间还缺了一块,露出了这间仓库的管道、灰尘和骨架。

帕迪已经被带离了她身边,在员工的陪同下去了另一个房间归档。门关上之前,他露出了一个温柔又悲伤的笑容。记忆从他温柔神情里的每一处细节中汹涌而来,她忽然感到很伤心。他依然在努力跟她说没关系、他原谅了她、他都明白。等所有的内疚感散尽,她在某种程度上释怀了。这一刻她已经考虑很久了,一直在脑海中思来想去,想知道自己是否还有能力鼓起勇气为自己的生活做出一点改变，现在她行动了，她正在做出改变。但是，太难受了，这是她做过的最难受的事。在恐怖的龙卷风当中，还有一种兴奋在跟着不断回旋。它正在发生，而她很快就会到达另一边。

当两人同在这间方方正正的灰色办公室里填登记表格的时候，配偶市场的货车已经前去移走帕迪的物品了。货车是黑色的，车身什么显眼的标志也没有。当她退了货，他就像从没出现过一样，这场婚姻似乎从未发生过，共同生活过的痕迹已经被抹去了。

又是那抽了一下的刺痛感。四十年了，卡车一开，一切就都被卷走了。

"你很难决定勾选哪个框吗？"经理苏珊用她那两瓣鲜红的翘唇打断了她的思绪，"跟你说，别告诉别人，宝贝，"她压低声音悄悄地说，"其实你勾选哪个框都不要紧。"

"对你来说可能不要紧。"女人挺直身子，抬起下巴。她再次研究着表单，这么多年，帕迪烦到她的点实在太多了：做事杂乱无章，把东西到处乱放，只剩筒芯的厕纸卷留在架子上，空的零食袋扔回壁橱，鞋子、外套随心所欲地丢弃着；在善解人意这方面毫不开窍；收音机的声音开得巨大，电视机永远停在体育频道；每晚的呼噜打个没完；总是跟一成不变的朋友聊着那些陈芝麻烂谷子的事。她感觉好像每天都能从他身上找到各种毛病，将他的性格像洋葱那样一层一层剥开，总能在某一层找到惹恼她的点。

她认真地看着表单。

· 太大了

- 太小了
- 合适
- 与图片/描述不符
- 构造
- 颜色
- 质量
- 价格
- 运送问题
- 不是给我的
- 有瑕疵/有缺陷

帕迪没有瑕疵，也没有缺陷，他的身体构造也没有任何问题，她只是对他感到厌倦了，不再爱他了。而且，她很肯定帕迪也不再爱她了。但帕迪绝对不会离开，他是那种会留下的人，他会容忍那些让他讨厌的事情。尽管他们已经相看两厌，在各种鸡毛蒜皮的小事上互相折磨彼此的意志，但她不可否认帕迪是一个好人，一个很棒的父亲，一个慈爱的祖父。

她勾选了"不是给我的"，然后在底下签了字。

"太棒了。"苏珊从她手中拿回文件，然后在她的文件夹和各种印章中一阵忙乱地找寻。四处翻找后，她终于开口，说出的话似乎已经重复过一千次，但却从来没有思考过它意味着什么："你现在知道这次你是拿不到全额退款的，所以我要——"

"不，不，有人告知我可以拿到。我在1978年买下他，协议的条款如今还成立。我向一位叫格蕾丝的客服中介核实过。"她伸手去掏包里的记事本，上面记录了全部信息。

苏珊笑了，但笑容透露着一丝不耐烦。

办公室外面有一些人来了,女人侧耳倾听有没有帕迪的声音,但忙着付款或退货的顾客来来往往,她无法确定。而这一边,苏珊热衷于速战速决。

"实际上,我仔细研究了你的回执单,我发现你是在促销的时候买下帕迪的。他当时正在特价出售。搞特价的物品不符合全额退款的条件。"她的话把女人拉回了见到帕迪的那一刻。当时她并不是没有足够的钱,但他正在特价出售,而且好像……是挺特别的。他站在一个巨大的金色星星旁边,一侧悬挂着作为装饰的"特别"二字,给她传递出某种信号,并不单纯是字面上的。

"我们可以给你提供换货服务,换一个等价的丈夫;或者给你一张储值卡,里面存入与最初交易时同等的金额。"

女人惊讶地看着她,张大了嘴。椅子中的苏珊不自在地挪了挪身子。

"但我并不想换货,我来这儿并不是为了再要一个丈夫。"

"那储值卡就行。"她说。她在表格上啪地一声盖了章,结束了对话。她拉开抽屉,取出一个小信封。她将椅子推到身后,站起来,朝女人伸出手:"很高兴跟你做生意。"

"这就完了?"

女人慢慢地站起身。

"这就完了。"苏珊笑着说,"你是个自由的女人了。停车场在绿门外面,左手方向;你要是还想再逛逛的话,市场就在右边。"

"帕迪去哪儿了?"

"他已经走了啊。"苏珊略带惊讶地说。

"走了？但是——"她的心怦怦乱跳，感觉自己正被一种恐慌的感觉吞噬着，"我还没和他说再见呢。"

苏珊从桌子后面走出来，径直走到门口，打开女人身后的门，引导着她走出去，来到绿门对面的走廊："这条路更容易，相信我。"

她想起他那悲伤的微笑。他当时就在说再见，他肯定是知道的。"他在哪儿？"女人在绿门前停下了脚步。

"我们会把他照顾得很好，你就不用担心了。他会被打理干净，精心保养，好好休息，之后再回到市场上。"她打开了绿门。

"回到市场上？"她吓了一跳，感觉到苏珊的一只手再次轻轻放在她背上，示意她向外走。

"但是帕迪搞不定这个的，他不喜欢和新的人开始新的事情，他都六十二岁了。"

"未经他的同意，我们是不会把他放回市场的。他是一个人——不是一块肉。"她笑了，"帕迪在'未来出售'那一栏打钩了，人们也会对他有很大需求。有很多人对刚退回来的丈夫很感兴趣。你记着我说的话，有很多的人想要一个年长的、经验丰富的男人。那些这么多年一直待在货架上的男人已经很难卖得动了。有很多失去伴侣的女人来这儿就是想要一个拥有过长期忠诚关系的人，而帕迪有很好的记录。有大量的人正在寻求刺激，有大量的人很寂寞。"

女人要是再听到一遍"大量的"这个词，准会尖叫出来。

苏珊亲切地笑了一下："祝你好运。如果你打算用储值卡，你知道我们的地址。"

她关上了绿门,门是钢制的,朝外的那一层没有涂漆。它砰的一声关上的时候,女人跳了起来,接着,空荡荡的停车场传出阵阵回声。她的车孤零零地停在"退货"区,而拐角的购买区几乎停满了车。她慢慢地走向她的车,听着自己的脚步声从水泥地上传来,每一步,每一秒,每一个声音都被放大了,她被孤独感吞没了。

她开车回家,滚烫的泪水流了一脸。一个痛苦的黑洞在她的胸腔开得老大,恐惧感和失落感汹涌而来。不过,当她回到家的时候,眼泪已经流干了。悲伤已转为解脱,恐惧已化为兴奋。新生活开始了。

3

房子很安静。孩子们离家很久了,他们结了婚,有了自己的孩子,做着各自的工作,有着各自的压力。而她自己的生活已经放慢了脚步。看着孩子们为各种鸡毛蒜皮奔波劳苦,她想到了自己以前的生活,那时候她感觉每件事那么至关重要。这帮她做出了一个决定,现在是时候为自己而活了,是时候让自己放松一下,是时候感受发自内心的幸福,是时候让自己觉得不欠任何人任何事情,是时候为自己活着而不再感到内疚了。将自己的挫败感归咎于别人的日子已经翻篇了,她已经毅然决然地掌控起自己的生活,并开始承担责任。不要再唠叨帕迪的缺点了——她必须自己做出改变。

她把房子从里到外打扫了一遍,直到一尘不染。衣橱里现在少了帕迪的衣服,大大的空间让她赞叹。客房又可以重新归置给客人用了——五年前,因为他打鼾,她不再跟他同床共枕，后来打鼾随着他的体重愈发加重，但他一直没有对此采取任何行动。

她喝着一整瓶白葡萄酒，看着一场垃圾真人秀，耳边没有他的叹息、挑刺和不满的抱怨。日子一天天过去，她吃着夹生的意面，煮过劲的肉，还有洋蓟——因为她就会做这些。她减了好几磅，因为她饿了才吃，而不是在他需要食物的时候吃。回收工作井井有条，每样东西都能按需到位，家里样样东西都有属于自己的位置，不会有人挪任何东西。她按自己的时钟运转着，不必再为照顾他的某种心情而小心翼翼。只要她想，她随时都可以邀请人来做客，她也不用再在大周五的晚上跟他的朋友们还有他们令人讨厌的妻子们出去喝酒了。她的世界可以随心所欲地运转，不再感到烦恼了。

有些晚上，她会哭着醒来。

有些日子，她发现自己坐在他的房间里，闻着他最后留下的那点气味。

出门去百货商场的时候，她会闻一闻他那款刮胡水；他最喜欢的那几样食物，会神不知鬼不觉地溜进她的购物车；当儿子和女儿前来告诉她，父亲已经被买走了，现在已经下架了，终于，她的最后一道防线也被攻破，失声痛哭起来。

4

一天，她开车去五金店，把错买的床头灯泡给退掉，结果差点撞了车。帕迪正在邻居家的花园剪草，她刚准备靠边停车，房门打开了，四十六岁的芭芭拉走出来，满脸笑容，手里端着一杯咖啡。

他笑了，她从没见过他脸上有如此灿烂的笑容，它从她身边被夺走了。接着，他和她接吻了。一个漫长的，缠绵的吻。

女人掉头回家，三天没有出门。

5

"我明白你的不安。朝前走是不太容易，但已经超过一个月了，我们也一直在按流程走。帕迪在回到市场的第一天就被买走了。"

"被芭芭拉·柏林格买走的。"她的语气有些不屑。

"我不能透露购买者的名字。"

"我知道她是谁，我看见她跟他在一块了，她的房子离我只有五扇门那么远，我每天都得看到这一幕。"

"我很困惑。你是对有人跟你离得近感到不安，还是对亲密关系感到不安？"

"两个都是！"她大喊着，眼泪夺眶而出。

"或许是时候用一下你的储值卡了。"苏珊调皮地眨了眨眼。

苏珊推开通向卖场的门，女人向里面看去，和当初她买下丈夫时相比，现在这个地方变得更像一间仓库。货架从地板开始一直排到了天花板，上面或坐或站着肤色、身材和身高各异的男人们。男男女女在过道上浏览着，就像周末出来购物一样。当顾客看到某个喜欢的人，就会读一下货牌上的可用信息，像查看配料表那样，接着，一个升降机就会上前将那个人取下来。男人们打发时间的方式是相互亲切交谈，在平板或笔记本电脑上发信息，或者阅读。有的离开前去休息，有的刚休息回来,他们是按时间表轮流上下架。

苏珊带女人来到一排电脑前。"从你四十多年前第一次来这里到现在,我们已经改造升级了很多次。现在你在这个地方输入自己的需求,它就会根据你的答案找到匹配对象。从电脑的数据库上找比从货架上找会更轻松一些。我们尽量让每个男人都位于顾客可及的地方,但架子的最上面还是不太容易被看到。男人们一直在抱怨,我们一直在想办法解决。不过在我的印象中,某些女性会直接从货架最上面入手——好像那里保护着更珍贵的东西,和报亭的架子一样,你知道我的意思吧。"她眨眨眼,"如果想先看看合眼缘的人,这些顾客通常会先四处逛一逛,选中几个最喜欢的,再看看他们的详细介绍——但我知道这种方法不适合你,你会想先看那些有详细介绍的。"

"你是怎么知道的?"

"因为帕迪的各种习惯让你很烦。我确定你正在找你前夫身上没有的特点和人格特质。往下翻一翻调查问卷吧,如果有任何问题,坎蒂斯会帮助你。"

问卷列出了各种细节,很有趣,是按不同场景编写下来的,是在要求她选择未来丈夫在各种场景下会采取的首选行动。苏珊是对的,她想要一个与帕迪的行为举止完全相反的人。

当他平静的时候,她希望他更有激情。

当他发起脾气,她又希望他保持冷静。

当他对着一个话题滔滔不绝,她盼着他能从其他角度引起她的兴趣。她把他批评得体无完肤,直到电脑上方响起红色的警报声,好像她在老虎机上赢了钱。她已经找到了一个完全匹配的对象。

6

他叫安德鲁,比她小十岁。他把衣服放在该放的位置,他总是将鞋子整整齐齐地排好;他会做饭;他对食物不挑剔;他欢迎客人来家里坐坐;他看着她爱看的肥皂剧,不会发表刺激她的评论;他和她一起去上水彩画课;他处处保护她,但同时也会因为别的男人对她的关注而自豪。他是一个体贴的爱人。

无论是文件上的描述,还是实际中的运转状态,他对她来说都堪称完美。

不过,即便如此,她仍然感到恼火、沮丧,她意识到,无论和谁在一起,她似乎还是同一个人。她不能这样一直改造周围的人,然后期待会发生什么不同,她才是给生活制造困难的人。

一天早晨,她还在床上躺着,这并不符合她平日的作息。窗帘拉着,这是她连着躺在黑暗里的第四天,自从那天儿女和孙子们去了帕迪的新家,见了帕迪的新妻子之后,她就一直是这个状态。她看到外面的汽车,听到她的孙子们在芭芭拉·柏林格的花园中玩耍,他们的笑声和聊天声从开着的窗户一直飘进她的家。无论是真实还是想象,那些声音都折磨着她。她听到安德鲁敲了敲卧室的门,于是她坐起身打理了一下自己。他端着一盘早餐进来了,里面盛着墨西哥式煎蛋和配菜,这是帕迪一辈子都不会碰的东西。

"谢谢你,安德鲁,你真好。"她说。尽管她的感激是真实的,但声音中的压力同样是真实的。她全身心地投入着,想给他更多,更多他应得的。

他坐在床边,这个英俊漂亮的家伙,嘴里正在念着她的名字。他的语气引起了她的注意,她将其视为某种提醒。她放下了餐纸,感觉自己开始颤抖,接着,她又拿起了它,紧紧握在手里,绕着手指缠来缠去,看着她的皮肤被挤压,然后因为血流不畅开始发白,再发紫。

"这是我们共同度过的第十四个早晨。"他开口说。

她点头。

"你知道第十五个早晨会发生什么吗?"

她睁大眼睛,突然害怕他会向她提出一些她无法满足的要求。相比于和帕迪在一起的日子,她更享受现在这种体验感,但应该不用再多了。

他漫不经心地笑笑,用指节轻抚着她的颧骨:"别一副担心的表情,这是你可以将我退货并得到全额退款的最后一天。"

"哦。"

"所以我已经将行李打包好了。我随时准备好被退货,时间由你定。先好好吃顿早餐吧。"他笑得有些悲伤。

"安德鲁,我想可能有些事情搞错了。我并不想退掉你。"

"你不想吗?"他认真地看着她。

"最近……你享受在这儿待着的日子吗?"

他笑了:"享受啊,当然了,我觉得这事显而易见。"

她脸红了。

他握住了她的手,继续说:"但我们并不是完美的一对,我想你清楚这一点。我从你以前的关系中知道你会留下我,你留下我是因为你觉得这是对的,因为你觉得这样更容易,但事实并非如此。另外,如果我留下来,那我就贬值了。"

听到他这么说,她很痛苦,但她知道他是对的。

"我不想贬值。我是一个好男人,我希望有人因为我的真正价值而欣赏我。"

她点点头,表示理解。和帕迪多年来以那样的方式待在一起,已经让彼此贬值了。她牵起安德鲁的手,吻了一下他的指节。随后,安德鲁把他的行李装进后备厢。这是她第二次准备退掉她的丈夫。

7

马路对面,帕迪抬头看着她,手中还拿着园艺剪刀。几个月以来,女人第一次和他对视,她的心怦怦乱跳,胃里开始搅动,她感觉一股欲望升腾起来。她痛苦是因为渴望,是因为放手,她对她心甘情愿的放手而感到痛苦。有他在身边就是家,但他现在就在眼前,却让她十分想家。

安德鲁注意到了她的目不转睛。

"改变主意也没关系,你知道的。"安德鲁说,"这并不意味着你做错了什么,我知道你有多讨厌错误。"他微笑着。

她上车,启动了引擎。

从市场回来后,她停好车,进入空空如也的房子,感觉它不再像个家。她走进门厅,这里一片整洁。她倾听着周围的寂静,知道这是她输掉的一场战争中那份微不足道的胜利。她承认这段时间以来有些东西在不断吞噬她。她很乐意用这一切换帕迪回来。

她打开房门,跑向马路对面,敲响了芭芭拉家的门。

芭芭拉打开门,惊讶地看着她。

"冒昧前来,很抱歉。但是我想让帕迪回来,我需要他回来。"她气喘吁吁地说着。

"不好意思,帕迪是我的丈夫,你不能把他带走啊!"芭芭拉一脸迷惑地说。

"恕我直言,芭芭拉,他不是我的,他也不是你的。他就是帕迪。很抱歉,芭芭拉,我知道这会对你和你的生活造成很大的麻烦,而我一直尽量避免毁掉别人的生活。但我没有改变想法,我有了一个新决定。"她平静又坦诚地说。"我想和帕迪在一起。我想你了,帕迪!"她朝着走廊抬高声音,"我爱你!"

帕迪来到门厅,给了她一个温柔而熟悉的微笑,然后逐渐咧开嘴笑了起来。

"她来了,"他笑着说,"我的骑士,穿着闪亮的铠甲来了。"

"我怎么不知道你还需要被营救啊。"芭芭拉明摆着被冒犯到了。

"我们都需要被营救,"帕迪简明扼要地说,"而她是唯一一个有魄力对此采取行动的人。很抱歉,芭芭拉。"

"我买不起你了,帕迪。"女人说,"我有一张储值卡,但对你来说还不够——我查了你的价格。我可以去一趟信用社,把剩下的补上。"她看着芭芭拉说:"我把我有的每一分钱都给你,芭芭拉,我后面再赚到的就再给你拿来。你会回家吗?帕迪,拜托了。"

芭芭拉退回一旁,看着他,无法反驳这种爱的行为。

"这就是我想要的,没有别的。"他说。

8

回到家中,帕迪把外套往椅背上一挂,把行李箱往门厅一丢。他将她拉近,吻了上去。他那么强壮,动作那么突然,她不由得闪了个趔趄。两人错判了接吻的时长和彼此之间的距离,结果鼻子挤在了一起,牙齿之间也在打架。他的动作比她想的要快,她感觉到他的鞋子踩在自己的脚趾上。直起身子迎接他的时候,她的脖子一阵酸痛。

那么笨手笨脚,又不完美。那么真实,那么坦诚,是她想要的全部。

失去了常识的女人

1

周一早上八点，正值早高峰，人们发现她正沿着高速公路三车道的正中间走。如果不是出口发生事故导致路上堵车，她可能会更危险。她走过了一辆辆汽车，眼睛直勾勾地看向前方，一脸坚定——尽管有些人说她只是迷路了。

司机们透过挡风玻璃盯着她，但他们刚从睡眠中挣脱的大脑依然迷迷糊糊，无法确定自己看到了什么。一个三十来岁的女人，披了件睡衣，穿了双运动鞋。有些人以为她和前面的事故有关系，穿着睡衣送完孩子上学，又受到惊吓从现场走散；还有些人看热闹似的劝她注意安全，但她没有理会；另外一些人觉得她纯粹就是个疯子，在她走近的时候锁上了车门。

只有一个人报了警。

警察拉瓦尔和他的搭档丽莎距离现场最近，他们也是最先接触到她的人。当时，她的处境已经越来越危险了。她已经晃到了堵车长龙的尾部，正朝着迎面而来的时速120公里的车流走去。那些眼看就要撞上她的人拼命地踩着刹车，大声鸣笛，打着双闪以示警告，但都没能阻止她。

只有当拉瓦尔和丽莎飞速上前，拉响刺耳的警报时，她才好像突然回过神来，终于不再向前走了。车辆在管控中停了下来，形成又一轮交通堵塞，接着，两位警察赶忙上前，谨慎地察看她的反应。

"谢天谢地,"她说着,脸上忽然露出一个如释重负般的笑容,"我很高兴你们终于出现了。"

拉瓦尔和丽莎面面相觑,他们发现她并没有要反抗的意思,于是,丽莎把手铐藏在了身后,他们一起带着她回到了路边的安全地带。

"这是个突发事件,"女人开口了,这次很严肃,"我得报案,有人偷了我的常识。"

2

拉瓦尔的表情放松了,但丽莎的脸又紧绷起来。女人被小心地护送上车,来到了车站。丽莎一直无法放松下来,所以拉瓦尔陪女人一起坐在车站的小房间,他们面前的两个塑料杯里装着热气腾腾的奶茶。

"好了,跟我说说你刚才在外面干吗呢。"他说。

"我跟你说过了,"她礼貌地说,"我是想报案,有人把我的常识偷走了。"

她把那杯滚烫的茶端到嘴边。

"小心啊这很——"他提醒了,但太晚了。茶水烫破了她嘴里的皮,她疼得龇牙咧嘴。

"跟你说了,"她终于从片刻的疼痛中缓过劲来,开口说道,"有常识的人,谁会干这种事呢?"

"说得好。"他附和道。

"哦,我知道你觉得我疯了。"她说着,双手依然捧着滚烫的茶杯,"谁会偷常识呢?怎么偷呢?"

他接着点点头,好问题,有逻辑的问题。

"你是怎么知道它被偷了呢?"他问,"没准是你自己搞丢了。"

"我没搞丢。"她马上接话,"我很谨慎,我确保不会弄丢东西,我的一切总能放在正确的位置,还有,像我的常识……不,"她摇摇头,"我一直随身携带着它,时时刻刻都在检查它。它是个必需品,和手机一样,离了它我哪儿也不会去。"

"好吧,好吧。"

"有人把它偷了,"她又说了一遍,"这是唯一符合逻辑的解释。"

"有道理,"他对她的坚定投降了,"那我们现在要找找罪犯了。"

"是的。"她说。终于得到了认真对待,她感到宽慰。

"有什么线索呢?周围有没有可疑的人?"

她摇摇头,紧紧咬着嘴唇。

拉瓦尔也在思考:"那么这么说吧,你有过特别强的常识吗?就是那种别人会眼红的能力?"

"我以前是这样的。"她回答。

"所以,你可能给人留下一种常识很强的印象?我是想说,罪犯应该也会这么想,窃贼会在夜里偷偷潜入自己认为有贵重物品可偷的房子里实施盗窃。如果有人偷了你的常识,那就是早已知道你拥有它了。"

她点点头,很满意他的分析。

"所以,你在什么场合表现出了你的常识吗?没准在场有什么人注意到了,接着就决定偷走它?"

拉瓦尔看着她。他觉得她在隐瞒着什么,于是催着她说出来。

她叹了口气:"这只是个推测,光拿出推测是站不住脚的,不然人人都要陷入麻烦了。"

"在我们找出真相之前,不会有人陷入麻烦。"他一边说,一边示意她继续。

"我最近和丈夫分居了。他和办公室里一个走路跟鸭子似的女孩有过一段四个月的外遇。但我接受了他回来,我们在过去的一年里尝试过让这段感情继续。但是不行,对我来说不行。我跟他说我要分居。"

"很理智。"拉瓦尔点点头。

"是啊,"她附和道,"这是我印象中最后一次用到它。"

"大家知道这个决定吗?"

"估计绝大多数人吧。"

"嗯……"他说,"所以这并没有缩小我们的嫌疑人范围。这种表现非常符合大多数人的常识。"他又想了想,然后顺着同样的思路继续,"那你丈夫呢,他对这种情况满意吗?"

"完全不。"

"嗯……继续说。"

"他希望我们继续生活在一起,但我觉得这个主意很烂。我们两个都没办法进行下一步了。"

"这还是符合常识的表现。"他指出。

"哦,对,"她意识到了,"所以我那时还拥有它。这就是说……"她脑子里忽然有了个想法。

"继续。"

"我们只能卖掉房子。他打包了他的东西,我打包了我的。

就是在那个时候，我发现它不见了。我打开了拿到母亲家的所有的箱子——我要和她一起住一段时间，直到我回归正常状态——但它不在那里，我再也找不到它了。肯定是我前夫把它一起带走了，装在了他的某一个箱子里。也许是有意，也许是无意，我不知道。反正这就是我唯一的推测。我确定搬家之前我还带着它。"

拉瓦尔绞尽脑汁地想："那是什么让你觉得，你现在没有它了呢？"

"今天早上，我披着睡衣在高速公路上走的时候。"

"确实，"他同意，"不过……"他更仔细地看着她，"你脑子里好像对自己的情况很有数。"

"啊，他可没偷我的脑子！他要是偷了，我们肯定就复合了，又同居了。要真说有点什么，那也是他的所作所为让我又长了脑子。"

他点点头，又想到一个合理的原因。

"告诉我，你睡衣下面穿了什么？"

她好像吓了一跳，把睡衣往胸前收了收："我的贴身睡裙。"

"那你怎么不只穿它出门呢？"

"因为那样我就要冻死了，而且它也太透了。"

"嗯……"

"怎么？"

他低头看看她的脚。

"那这双运动鞋呢？你在家裹着睡衣走来走去的时候会穿它们吗？"

"不！我一般会穿居家袜，脚下有防滑粒的那种，但是那种没办法上高速公路。"

"那当然不行。"他往笔记本上写了些东西，"那你沿着高速公路走是出于什么目的？"

"跟你说了，我要报案。我知道，这很离谱。"

"你知道。"

"对。"

"这么说吧，如果你知道这很离谱，那肯定就是你的常识让你知道的。"

她在想他的话。

"如果你就是打算让警察注意到你，那你已经做到了。"

"我还没走进警察局。"她提醒他。

"你看，"他温柔地说，"这个我没法备案。我认为没人偷走你的常识，我也不觉得它丢了。我认为你还拥有它，而且是随身携带。你只不过是在用不同的方式使用它。"

她仔细琢磨着他的话。

拉瓦尔说出了他对这个案件的分析："你穿了睡袍，因为你知道会冷；你穿了运动鞋，因为你知道居家袜没法在高速上走；你在交通高峰期沿着高速走，知道一定会有人报警，而警察就是你需要向其报案的对象。看来，你已经一步步实现了你的计划，你只是用了一些剑走偏锋的方法。"

她点点头，将头垂了下来，像个挨骂的孩子。

拉瓦尔换掉了充满权威的语气，说："我承认，你的常识是有点与众不同。它不是线性的，不是大多数人的常识，但这并不意味着它就错了，或者丢了、被偷了。它就是你的常识，独特的常识。"

她的眼里溢出泪水。他伸手从口袋里掏出一块纸巾,递给了她。

"谢谢你。"她轻声说。

"很明显,你刚刚经历过一段高压时期。身处这样的时期,人们心里都会乱想,但你还没失控。"

"你是一个非常聪明的侦探。"她笑着说。

"看,你就是知道。这种话是告诉我你的常识没有被偷。"他咧着嘴说。

"谢谢你。"她一边微笑,一边长舒一口气。

脑袋里长出羽毛的女人

1

她仰面躺平,双臂紧紧贴着身体两侧,感觉身体被一点一点送进这个棺材一样的磁共振成像仪。耳机将她的两只耳朵全都包住,这是为了帮她放松,为了让她忽视从四面八方逼来的内壁,还有那快要触到鼻尖的壁顶。如果她真想体验一把被活埋的感觉,眼前就是了。

她还从来没有意识到自己患有幽闭恐惧症[1],但当她整个人被裹进这个狭小的管子里时,她的心狂跳不止,有一种想要大喊"停下!"的冲动。

她很想坐起来跑掉,但她知道她做不到。这是找出她身体问题的最后一次机会了:其他项目的检查单上都没显示出毛病,但她的情况还在不断恶化。一开始,她感觉疲倦、健忘、糊涂、心慌——但在全科医生那里验血之后,什么都没检测出来。没有缺铁,没有甲状腺问题,只有忙碌生活所带来的压力,和所有疲惫不堪的年轻父母一样。

总之,恶化还在接着发生,已经影响到了她的口语表达,最近又影响到了她的行动。她的大脑中正在发生着什么,让它

---

[1] 对密闭空间的一种焦虑症,患者在某些情况下,例如电梯、车厢、隧道或者机舱内,可能发生恐惧、焦虑、呼吸急促、心跳加快、冒冷汗的症状。

不再给身体的其他部位发送正确的信号了。她现在躺在磁共振成像仪里，心里盼着身体没什么大毛病，但最好有些小问题，一些细微的、无关紧要的、轻易就能解决的，但也能解释清楚她行为失控的问题。

和丈夫保罗一起首次面见卡特里医生时，他担心是小脑的毛病。他告诉她，小脑的主要功能是协调肌肉运动，维持体态和平衡。切除小脑不会剥夺一个人做任何特定事情的能力，但会让行动变得迟缓和笨拙，这听起来一语中的。晚餐时，她不停地打翻自己的饮料，还会打翻别人的。一开始，大家都是一笑置之，丈夫也表现得很有耐心，但随着时间推移，它开始变得让人讨厌，也成了丈夫和她吵架时揪着不放的点。她意识到自己现在很笨拙，但就算她清醒地认识到这一点，她也还是控制不住自己的动作，无论费多大劲来集中注意力都不管用。

她的空间意识也越来越差劲，当她想把一个盘子放在厨房台面上时，她会错过台面，让盘子直接砸碎在地上。这种事发生了无数次。有一次，她甚至把一个盛满晚餐的盘子直接放在了丈夫的膝盖上；还有一次，她在托架还没推进去的时候，就合上了洗碗机的门，结果托架上的碗盘全碎了。

她常常会发现一份裹着保鲜膜的鸡肉被搁在了洗碗槽的下面，而一卷保鲜膜出现在冰箱里；她会把满满一壶刚烧开的水搁进冰箱，又把一盒牛奶搁在面包机旁边；她开车去购物中心，停好车买完东西后，却直接打出租车回了家，把她开车来的事完全抛在了脑后；她错放了孩子们要带去学校的午餐；她拿口腔溃疡膏刷了牙……

她不断地发生轻微的车祸——她会把车身剐到墙壁上，

两面后视镜都被蹭了，她倒车时撞到保险杠和路灯杆的次数多得不计其数。大部分情况下，她根本留意不到，是丈夫在晚上检查车身是否有新的损伤时，她的失误才暴露出来。这些错误如果都算在对方司机头上，那要人家背锅的次数也太多了。

她的皮肤变得跟车身一样，到处是磕磕碰碰的痕迹。手上是一处菜刀滑落后割破的口子，还有几处一把抓到烤箱或灶台造成的烫伤，屁股上是一处猛地撞到桌角留下的肿块，手肘那里还留着碰到门框的瘀伤，一个脚趾不小心踢到什么受了伤，没多久小腿前侧又磕在了车门上。

当她的言语功能也受到影响，讲故事和简单造句对她来说变得困难，并且记不起想说的话时，医生改变了他的判断。现在，医生重点关注的是前额叶，这里主要影响性格、行为、情绪、判断、决策、言语和注意力。不过，就算她觉得这是因为缺觉——毕竟发生在她身上的事让她极度焦虑而失眠，从而精力不足——但她还是不能否认，她的大脑状态正在对她产生日益严重的困扰。

这种感觉对她来说就像大脑在一步一步地宕机，她担不起任其发生的后果。四个孩子还要依赖着她继续成长，孩子是她的生命，四份生命都是她的。她一个人要管好四份日程表，要始终利用好每一分每一秒。她要管好孩子们的衣食住行，时时对他们嘘寒问暖。这一切都在消耗她、掏空她，但她认为值得。她以前是个金融分析师，但自从十年前生完第一个孩子，她就没再回过岗位了。虽然每一次都打算回去工作，但她还是一次又一次地延长产假，然后接二连三地生孩子，再往后面对的事实就是，她怎么也回不去了。和漂亮的孩子们待在家里，她很满足。尽管这跟办公室里的任何一天相比,都更艰辛、更累人,但她还是感觉很安心。

没了收入,她的日子有些难办,以前,她可以随心所欲地花钱,不用得到谁的允许,也不用跟谁商量。而现在,她得谨慎安排好每一笔预算来勉强度日。当妈妈这种事,并不像有些人想象的那样简单。她发现与工作相比,这件事反而挑战性更强,她要时刻兼顾好四种成长中的人格,每种人格在生活中面对的每种障碍她都要操心,还要考虑到家人对此的种种反应。

所以,她现在躺在磁共振成像仪里,一边闭着眼、深呼吸,一边期盼医生能告诉她检查结果没有任何问题,但与此同时,她又需要他找出点什么。第二十二条军规[1]。她需要找出一个有解决方案的问题。泪水涌出来,顺着眼角滑向耳朵,让她脖子痒乎乎的,眼前连个抬起手抹干眼泪的空间都没有。她猛地睁开眼,看着眼前近在咫尺的内壁的冷白色表面。一阵恐慌袭来,她奋力抵抗着这种感觉,她深深呼吸,闭上眼睛,聆听着耳机中缓缓淌出的古典乐。这是一个似曾相识的曲子,但就像很多其他事情一样,她记不起它的名字了。

她在自己的思绪里沉浸了一会儿,想着她的孩子们。她希望每个孩子都平安无恙,希望保罗的妈妈已经及时安排了从家里到学校和蒙台梭利早教馆的接送。杰米的足球课安排

---

[1] 《第二十二条军规》(*Catch-22*)是美国作家约瑟夫·海勒(Joseph Heller)的代表作。该长篇小说以二战为背景,通过对驻扎在一个虚构小岛上的军队所发生的一系列事件的描写,揭示了一个非理性的、无秩序的、梦魇似的荒诞世界。书中提到的"第二十二条军规",如今在英语语境中专指那些自相矛盾的规定与做法,象征人们处在一种荒谬的两难境地之中。

好了，艾拉的游泳课安排好了；露西不管等谁下课都要有满满一包玩具陪着她；艾拉游泳的同时，亚当应该好好做他的家庭作业……

她听到耳机里传来卡特里医生的声音。她在扫描的过程中动了一下，医生们得重新来一遍。当机器再一次大声叫唤的时候，她强忍着沮丧，确保自己脸上的任何一块肌肉都没动一下。

终于，扫描结束了。头顶的高度又回归正常，呼吸也顺畅了。她整个人完全放松下来，但紧接着又被恐惧感扎了一下。医生们有发现什么吗？

她和丈夫在等。

保罗一脸疲倦，又很担心。她本想就这么竭尽全力地与现状斗争下去，是他强行要求她来这儿看医生的。两人的关系已经糟糕好一阵子了，很明显，她的行为惹到了他。但现在他陪她来到医院，做完各种大大小小的检查，再轮到这个磁共振，她知道他对一直以来在她面前发脾气的行为感到抱歉。

"没事的，"她温柔地说，"我自己也很沮丧。我一直以来都在内耗，而且现在依然很累。"

他同情地看着她，她不喜欢这样，这让她觉得害怕。事情发展得太严重了，她想让时光倒流，做回那个笨手笨脚的妈妈，那个状况百出的傻太太，那个没头脑的朋友，那个傻乎乎的妹妹。

卡特里医生进来的时候神情古怪，他的眼神在她身上停留了一会儿，她在怀疑他有没有把她当个人看，因为那种眼神就好像一个工程师正在打开引擎盖分析汽车发动机。

"一切正常吗?"保罗立马从椅子上坐直身子。

"有点不对劲,我们之前从没见过这种情况。"

保罗咽了咽口水,额头冒出了汗,此刻的他看起来像个小孩子:"拜托您解释一下吧。"

"我没办法……我得给你俩都看一下结果。"

她还穿着刚才的病号服,就这么跟着医生进了咨询室。

屏幕已经被X光片占满,一侧的墙壁也被映亮。她看着它们,完全没有要分析一下的打算。她并不想知道一个正常的大脑长什么样子,或者生了肿瘤又是什么样子。如果她看到了,她会认出那就是一颗肿瘤吗?如果有颗肿瘤长在那里,她应该辨别出那里有颗肿瘤吗?但很明显保罗看出了什么,因为他两只手放在大腿上,盯着那些扫描结果,嘴巴张得老大。

"那是个……"

"它拍出来就是这样。"卡特里医生耸了耸肩,接着困惑地搓了搓脸。

"但怎么可能……?"

"说实话,我不清楚。"

"亲爱的。"保罗回头看着她。

她的身体开始发颤。她的大脑里有问题。她想起杰米、艾拉、露西和亚当,她的宝贝们离不开她,他们离开她要怎么生存?一想到孩子们没有她在身边,她就有些承受不住。她现在仅能想到的就是问出一句:"我像这样多长时间了?"但她甚至没法让自己大声说出这句话。

"你看到了吗?"保罗戳了戳她。

"没有,我又不是脑外科医生。"她说着,满脸困惑。

"我也不是，但我还是能看到……"他的语气里又带着那熟悉的沮丧感。

过去一年里——没准儿去年之前就开始了——他一直在用这种恼火的语气。房间里是一阵让人不安的沉默，又有两个医生悄悄进来，仔细看着这些结果。被一群人这样围着，刚刚丈夫的数落也被他们听了去，她感觉尴尬和丢脸，但随即她慢慢抬起双眼，开始浏览一张张片子。

"恕我直言，"卡特里医生开始为她辩护，"她的大脑没法正常发挥功能了——"

"哦！"她突然喊出声，她看到了大家早就看到的东西。

2

她朝自己的大脑 X 光片凑近了一点，仔细研究着。她搞不懂自己怎么没早点发现，这也太明显了。

光片上清清楚楚地显示出一枚轮廓分明的羽毛，它环绕着她的大脑。

她转向卡特里医生，问："我的大脑里有一根羽毛，这是表示我的脑袋里有一只鸟吗？"她的五官拧在一起，感觉一阵头晕，她想狠狠扇一下自己的脑袋，狠到能让那玩意从一只耳朵里掉出来。她还真这么做了，保罗和卡特里医生立马冲上前阻止她。

"你的脑袋里没有鸟。"卡特里医生想办法让她平静。

"那它又是怎么进去的呢？"她问着，重重的击打让她感觉脑袋嗡嗡地震痛，"羽毛又不是随随便便就能冒出来，它们生长在鸟身上，还有鸡身上，还有……别的什么东西会长羽毛呢？"她又颤了一下，拼命地晃着脑袋，想把它晃出来。她凑近看着光片"这里面是不是有一只小鸡，你们能看到吗？"

穿着白大褂的专家们纷纷上前去看片子。

"这羽毛难道不是证据吗？"她问。

卡特里医生思考着："我不知道……但我可以告诉你我比较确信的东西。这一侧，你能看到的——左侧——大部分都被覆盖了……被这根羽毛……它会影响你的口头表达、书面语言、数学计算和对事实的辨别能力，这也就解释了你混乱的行为，还有你一直以来遇到的各种问题。"

"我们如何才能把它从我的脑袋里取出来呢？"

"很不幸，我们没法做手术。羽毛生长的情况太过复杂，太危险了。"

她惊恐地看着他："可我没法带着一个长着羽毛的脑子到处走啊。"

"那……你最近一直是这样啊。"

"但我不能就这样一直生活下去啊！我做不到。你们得想想办法，如果吃药呢？"

他慢慢地摇了摇头："我不知道任何可以切实解决这个问题的药物。"

"那要是把它吹出来呢？有没有什么机器是可以从一只耳朵把气流吹进大脑的？"她问。

"那羽毛还是会在你的脑袋里，它只是从一个区域被挪到另一个区域。某种程度上，你还是很幸运的，因为你受影响的区域是这里——要是别的大脑部位，那会造成瘫痪、严重的言语障碍和脑损伤。"

她感觉无助极了:"我总得做点什么吧。"

"我……嗯……"卡特里医生转向他的同事,想寻求支持,但他们都紧张地看向别处,不太愿意回应,"好吧,恐怕我们是被这个问题难住了。"

一位医生打破了沉默:"我能说说吗?"

女人点点头,示意他继续。

"我是一个热衷于观鸟的人。这根羽毛呢,它长长的,又耐人寻味。它甚至给整个大脑打造出一种令人记忆深刻的印象。"他称赞着她。

她一脸茫然地看着他。

"我是说,这可能是一根孔雀的羽毛。"

"你的言下之意是?"她的丈夫插了一句。

"在繁殖季节,雄孔雀会把鲜艳的尾屏抖得哗哗作响,会把翅膀摇来摇去——"

"我不想再生孩子了。"她脱口而出。"我说真的。"她看着丈夫,语气坚定地说。

"好吧。"他说着,紧张的眼神从她身上挪到医生身上。

"我的言下之意可不是这个。它们这么做是为了引起注意——我是说摇动翅膀。"

她仔细看着 X 光片:"它会不会跟大脑活动有关系?"

他认真思考着,别的医生又一次移开目光,垂下头,挪动着他们的双脚。没人能想出到底发生了什么。

她叹了口气,跟往常一样,还得由她亲自搞明白:"我并没有像之前那样面临着精神压力。我是一刻都不得闲,但我的大脑在以另一种方式运转着。与这个男人相爱之前,我获得了金融学和经济学的双学位,并在伦敦最有名望的金融服务公司工作了十年。"她一边说,一边朝保罗微笑着,"不过,我本周的主要项目是训练婴儿如何上厕所。股市现在是什么情况,我不清楚,但我可以给你讲出全季《小猪佩奇》当中每一集的故事。我是家里唯一一个读完《尤利西斯》[1]的人,虽然是以听书的形式;而且我每晚都能把《咕噜牛》[2]连读四遍。我热爱我的生活,没有什么比它更重要。将子女培育成人可比那些股市或者胡说八道的销售会议重要得多。不过,我的大脑可能需要那个,以及其他信息,其他方面的刺激。"

她看着医生,他在思考。

"实际上,"他说,"这种想法并没有什么不妥。我认为,要吹走这根羽毛,你就应该做你想做的事。这是个医嘱。"

她想了想这些话,然后笑了。她知道,照顾好自己这种事,她不需要征求任何人的同意,但把自己放在第一位是件很难的事。她所需要的竟是一个命令,这好像是有些愚蠢。她脑袋里的羽毛不断扇动,这是一种呼唤,是为了引起她自己的注意。

她开始放慢脚步,抽出时间来好好阅读一本书。

她专门花了一个小时沿着海滩走了走,那里风很大,她想

---

[1] *Ulysses*,爱尔兰现代主义作家詹姆斯·乔伊斯(James Joyce)于1922年出版的长篇意识流小说。小说以时间为序,讲述了主人公一昼夜之内在都柏林的种种日常经历。内容晦涩难懂,表现形式荒诞,语言带有诗歌特色,是公认较为烧脑的小说。
[2] *The Gruffalo*,英国作家茱莉亚·唐纳森(Julia Donaldson)于2006年出版的儿童绘本,讲述一只老鼠在树林散步并欺骗包括Gruffalo在内的不同捕食者的故事,灵感来自中国民间故事《狐假虎威》。全书篇幅约700字,韵律优美,读来朗朗上口,2009年当选为BBC听众投票"最佳枕边故事"。

象着风正在吹走她脑子里的那根羽毛。她观察着风,想看看它有没有飘走。

她和保罗一起在外过夜。

她和朋友们度过了一个周末。

她开始慢跑了。

她在考虑报名参加一个课程。仅仅通读一下大学的潜在课程[1]介绍,也让她无比兴奋。

她有一晚出门跳舞,跳啊跳啊,直到双脚酸痛,不得不踢掉鞋子,她还喝了好多酒,把第二天早上醒来后会有的感觉统统抛在脑后。

她放松了自己的大脑。她全情投入了自身。等一切又变得清晰可辨时,她轻轻一吹,羽毛就飞出来了,而她也从自己的迷雾中挣脱了。

---

[1] potential course,指课程方案和学校计划中无明确规定的教育实践和结果,但属于学校教育经常而有效的组成部分,可看作隐含的、非计划的、不明确或未被认识到的课程。

将心脏戴在袖子上的女人

1

刚出生时，这颗心脏便带着缺陷，它对她的胸腔来说实在太大，以至于她需要接受结肠造口术[1]。这项开创性的手术由勇敢无畏的妮塔·阿胡贾医生主刀完成，它意味着，当女人还是个孩子时，她的心脏就已从胸腔取出，不可逆转地放置在连接着左袖处的一个口袋里。手术的原理参照了妮塔·阿胡贾医生针对连体双胞胎的案例研究：其中一个双胞胎的心脏完全位于体外，但她得以存活，因为她的心脏通过各种重要的静脉和管道附着在她的连体姐妹身上。

这个年轻女人是全世界唯一一个接受该手术的人，它让妮塔·阿胡贾医生成了一个明星，也让这个把心脏戴在袖子上的女人成了一个家喻户晓的名字。

每隔七天，当密封处破损的时候，口袋便会更换一次。一个结肠造口袋通常是一只手的大小，她的口袋尺寸是它的两倍，阿胡贾医生说，她的心脏就像是被安安全全地捧在一双手里似的。手术挽救了她的生命，并奇迹般地没太影响她的生活

---

[1] 指为治疗某些肠道疾病在患者腹壁上开口，将一段肠管拉出开口，翻转缝于腹壁后形成肠造口的手术，旨在将排泄物的出口由肛门处改为造口处。造口袋即为造口处一个专用口袋，用于储蓄排泄物。手术可挽救患者生命，但也可引发下文提到的心理压力，如：社会认同感，顾虑周围人可能听到袋子摩擦声或嗅到气味而歧视自己，同时也会给患者及家庭带来一定经济压力。

和饮食。她的穿着都是正常的，只要给左胳膊的口袋留出空间就行。

她的心跳声很大，从体外听的话会更响亮。当她运动的时候，它便会引人驻足侧目；当身处一间蛋糕房或冰激凌店，血糖便会加速它的泵动，让它在她的袖子下面一拱一拱地，好像有只宠物藏在她在臂弯里。如果看到一个让她心生好感的男孩，那这心跳声便会和脸颊上的玫瑰色红晕一起将她出卖。

即刻的一见钟情会出卖她的心，完全的不为所动还是会卖她的心。无论是不合时宜地兴奋，还是内心毫无热情，她都无法掩饰。这种时候便十分尴尬了，它将她毫无保留地暴露出来。她靠它生存，所以她没的选，只能受制于它，即使当她想反着来时，也不得不跟着它走。有时候，她感觉自己活像个连体双胞胎，正在和一个独立的生命共存。这份生命是她的一部分，就生长在她的袖子上。

她发现，把心脏戴在袖子上常常会引人生疑，这源于她脸上的表情和她心脏的跳动之间的矛盾。就好像人们对小丑有莫名的恐惧感那样，因为人们一眼望去，小丑的表情总是很欢乐，可他的行为举止却一点也没传达出快乐的感觉，这就很矛盾，会让人疑神疑鬼。另一方面，如果她任由她的表情和她的心一起畅所欲言，那人们又会对她的坦率产生反感，大多数人便会渐渐不那么给她面子。这是个让人困扰的问题，她这颗心让她始终毫无保留。

将心脏戴在袖子上，容易让那些爱没事找事的人从情绪上攻击她，那些人一看到她身上印着"脆弱"这个词，就会变着花样地为难她，仅仅因为自己能这么做。

三十年来，它让她遍体鳞伤，因为这个最关键的器官始终面临着受伤的威胁。所幸的是，她没受过重伤，但偶尔还是会遇到令人不快的磕磕碰碰。公交上，市场里，任何时候，只要她身处人群中，就得留心保护好她的心脏。

步入青春期后，她的自我防护意识变得更强了，为了给心脏提供方便，她把柜子里的衣物换了个风格。可是，就算解决了外观问题，待在袖子里的那颗心仍在不断地出卖她。

2

她穿着一双绿松石色平底鞋，在孟买私立医院兼研究中心的走廊里穿行，鞋跟每一次触及大理石地板，都发出轻轻的声音。妮塔医生的私人诊疗室就在这里。这是一项她和她的家庭都支付不起的服务，但自从妮塔医生注意到这个伴着缺陷出生的婴儿时，便坚持免除她的费用，还会妥善处理那些手术和术后护理的待支付账单。如果没有妮塔医生，这一切根本不可能实现，也正因为如此，年轻的她满怀感激，也觉得有责任回报这份恩情。如有需要，她会和妮塔医生一同出现在电视节目中；也会应邀出席重要会议和妮塔医生的演讲现场；当和重要的、具有影响力的人物或媒体谈话时，她总会提起妮塔·阿胡贾医生——拯救她生命的人。她们还一同出现在了《时代》[1]周刊的封面，标题是《妮塔·阿胡贾医生，心脏守护者》。这个标题直击人心、影响深远。戴着这样的标签，她明白，她要

---

1 *Time*，1923年起在美国出版的新闻杂志，是20世纪以来最先出现的新闻周刊之一，特点为国际化、权威性、互动性，能够登上其封面的通常为各界风云人物或具有国际重要影响力的人物。

倾尽所能地回报这份不仅让她，也让她整个家庭受到恩惠的善意。简单来说，妮塔医生救了她一条命，她觉得自己欠她这份恩情。

医疗中心的保安和前台跟她挥手，她笑着朝对方打招呼。这里的一切她都很熟悉，这是一个让她感觉安全的地方。她手中握着一枚小小的布面油画，上面画着一颗心，她打算把它送给妮塔医生，挂在她办公室的艺术墙上。她心想，今天应该是平安无恙的吧；二十年来，这样每周一次的例行拜访已经是她们日常生活的组成部分了，怎么今天就得有点什么不同吗？

然而，她一踏入办公室，就看到坐在妮塔医生办公桌后面的是个男人。看到她进来，他站了起来。一开始她很惊讶，接着便从桌子上摆满的照片中认出他的身份：医生的儿子，阿洛克。这么些年，她从他的母亲那里了解到很多关于他的事：他在大学里的学习情况，他在海外的工作，他的恋爱以及这场恋爱是否得到了家长的认可。

她注意到他那双棕色的大眼睛和炯炯有神的目光，还有他那修长的脖颈和手指。阿洛克，他名字的含义是光。一阵阵清晰的律动从她的上臂传来，比以往都要强烈，那种强烈前所未有。一阵惊慌袭来，她看向了那只随手臂一起振动的袋子。

"请坐，我的孩子。"是妮塔医生的声音，她来解救她了。她好像是凭空冒出来的。

"她又不是小孩子了，妈妈。"年轻女人在桌前坐下时，阿洛克嘟囔了一句。

妮塔医生用暖暖的眼神看向她，年轻女人为坏消息做好了准备。

"你知道的,这场手术改变了我们彼此的命运,到今年已经是二十周年了。"

年轻女人点点头,等着医生接下来的话。

"发现你这项案例,让我走上了一条鲜有人问津而又充满惊喜的道路,我全身心地投入其中。我多希望,你能在我年轻时就出现在我的生命中啊。"医生说着,渐渐收起笑意,"而现在,我该退休了。"她温柔的语气让年轻女人十分恐慌,她的心又开始剧烈地跳,在袖子上不断振动,她感觉它紧紧地抵住了她的大臂肌肉。

"没事的,我的孩子。阿洛克现在已经从美国回来,要从我当前的进度接手了。他还年轻,但他很有能力。"她语气笃定,"对于这项工作来说,他是接替我的不二人选。"

对于一个自我意识强烈,从不轻易将自己的工作假手于人的女人来说,这绝对是一种高度赞扬了。

"无意冒犯,阿洛克医生。"年轻女人轻声说着,几乎不敢直视他充满关切的眼神,"但您才是我这颗心脏的守护者啊,妮塔医生。连您自己也说,您不能离开我。"她还在坚持,她听到自己的声音在颤抖。

妮塔医生笑了,这个笑容显示出她对扮演她心脏守护者这个角色感到多么骄傲。

"哦,孩子……相信我吧,我明白这对你来说很难,对我来说也不容易。"医生吸了一口气,"我们之间已是紧密相连,这种关系绝对比你想的要深入。当你双手捧起某个人的心,这不仅是为了完成一场手术,这是为了对方的整个生命,这是一份沉甸甸的、意义深远的责任,远远超过专业技能所产生的价值,它需要不断监测有没有哪些连接点或瓣膜出现了扭曲,或者长到了一起。"她站起身,一副木已成舟的样子。"但是,把你交给阿洛克是最好的决定。他做的每一步,都会事无巨细地告知我,我也会对你的情况持续提出建议。"这些话,她说得很坚定,就像在开一份医嘱,而她的儿子对此似乎不能完全同意。他在逃避她的目光。

妮塔医生走上前来,年轻女人准备好迎接她的拥抱,但让她惊讶的是,妮塔医生径直走向了她的左臂,走向了她的心脏。妮塔医生轻轻地用双手捧住那只口袋,感受着它的温热,然后俯下身吻了它。年轻女人注视着这场对她心脏的告别仪式,她的心翻腾得如此剧烈,她在想它会不会从口袋里蹦出来。接着,医生拭了拭眼角,默默无言地离开了房间。

她的心脏守护者就这样走了,把年轻女人和这个男人单独留在了房间。这个英俊的男人看着她,他有一双棕色的大眼睛,睫毛浓密。

"她不再是你的心脏守护者了,其实她一直以来都不是。"阿洛克医生忽然开口了。

他冷漠又伤人的话划破了沉默,像一记重锤把冰块砸得粉碎。

"抱歉,我本来没想说得这么刺耳。"他说。而她还没来得及抓住机会表明对他的真实看法,不过,她的心脏已经开始用自己的语言和他沟通了。

阿洛克医生站起来,绕着桌子踱来踱去,认真思考着他准备开口说的话。再开口时,他的语气中多了几分柔和:"我是打算接下我母亲的这一棒,但我的工作跟她多少有点区别。我们的理念不一样。我不希望像我母亲那样扮演你心脏守护者的角色。"

她尽量让自己不生气,但她又如何做得到呢?她感觉自己已经两颊滚烫,怒火中烧了。

"对我们医生来说,仅仅照看好你的心脏功能是不够的,仅仅给你留一口气生存是不够的。"

这话让她很惊讶。

"全世界的医学界都深深敬重我的母亲,而且,她对你所做的事,无论是过去还是现在,都是突破性的,这一点我承认。"他说着,在对母亲的忠诚和对自我表达的需求之间左右为难,"但她所处的是一个不同的……时间点。我感觉,她忽略的一点在于,你需要带着自己最重要的器官走来走去,随时都有可能受伤,而这其实是我们的责任。咱们要达成共识,就是必须主动行动,而不是被动反应。你不应该把你的心脏藏在层层衣服下面,然后担惊受怕。这些年,我一直致力于研究一种新型口袋,这种口袋会保护好你的心脏,会帮它抵挡所处环境的影响。"

他弯下腰,从桌子旁边的包里取出一个口袋。他犹豫了一下,随后拿出来给她看:"从今以后,你就是自己名副其实的心脏守护者了。"

她感觉自己脖子上的脉搏跳动了一下。

"我会协助你,但以后由你来全权控制。时间允许的情况下,只要你需要,我就会在,我会为你提供方法,让你有能力保卫和呵护好你的心脏。"他的话音刚落,就在她的注视下害羞起来,棕色的瞳仁和长长的睫毛一时无处安放,"对此你有什么话要说吗？你同意吗？"

她笑着点点头："是的，阿胡贾医生。"

"叫我阿洛克吧。"他轻轻地说着，二人迎上了彼此的目光。

她的心脏有力地跳动着，这是她从未体验过的强度。它在倾吐她的心声，在对着他说话，在她找不出感激之词时替她表达谢意，替她表达出前所未有的惊喜之情。她很欣喜，因为她的心脏给出了一个更愉悦、更深入的反馈，胜过一切她能找出的词汇。

他修长的手指充满紧张又带着暖意，他征得了她的同意，在她的注视下打开了口袋，又握住她那颗跳动的心脏。她明白了，它现在是属于她的，它的守护者只有她自己，没有别人，是她来掌控它。

她会让他把这颗心捧在他手中，她会让他提供各种方法来保护好她自己。

飞走的女人

1

她醒了，还没怎么睁眼就一把抓起手机。她查看着她在Instagram[1]上最新发布的那张照片，仔细研究着照片中的自己，来来回回缩放着每一帧细节，然后想象着别人对她的看法。她逐个想着自己的朋友，想着这张照片会在朋友那里分别产生什么样的效果。她浏览着她收到的赞，已经超过一百万个了，但没有昨天那么多。当看到点赞的名单里赫然出现某些名字时，她会怦然心动——她一直想吸引的人现在确实留意到她了，或者至少点了小红心，也就是表明对这张照片的认可了。她又浏览了几个用户，看看那些人都在做什么、跟谁在一起、为什么不给她的照片点赞。这些事花了她一个小时，但她感觉才过去了一分钟。

她洗了个澡，换上运动装。她化了一个小时的妆，修整好皮肤，然后给颧骨打上高光；她的眉毛浓密又平整，双唇饱满又富有弹性。她戴上一副超大号墨镜，朝着天还没亮就在家门外蹲守的狗仔们比了个剪刀手。她小心控制着自己的每一个姿势和每一个面部表情——在坐进车准备启程的整个过程中，

---

1 简称Ins或IG，是Meta公司于2010年10月发布的一款免费提供在线图片及视频分享的社交应用软件。它可以为照片加入不同的滤镜效果，然后发布在Instagram的平台上，还可关联分享至Facebook或Twitter等社交媒体。

如何展现身上的每一块肌肉和各种细枝末节，她都深思熟虑过。一些狗仔骑着摩托追着她的车，她端着架子，时刻提醒自己不要思考——专注地思考会让她的眉间长出难看的川字纹。

她去了健身房，让她的教练录了一些她健身的视频，加上滤镜，然后发布在了她的主页上。要是不花钱，没人能看到这一条，大家都得订阅；毕竟她已经把从家到健身房过程中的照片设为了免费观看，那些照片现在应该已经传遍全网了。摆弄光线和滤镜，再加上编辑，这些得花一个小时才能达到完美效果。她拿起一杯蛋白饮，两瓣丰唇贴上吸管；刚刚修剪过的长指甲整整齐齐，上面涂的指甲油完全是她自家的产品。她开车回家，翻阅着杂志，研究着时尚，再看看推文[1]和Instagram的帖子，消磨着午后的闲暇时光。她和一位朋友共进午餐，捕获着最新八卦：谁对谁做什么了，这一切对她又有什么影响；她计划着再打一次丰唇针，开始一场新的度假，以及与这些新安排相关的拍摄任务；她试穿着给她寄来的各种免费衣服；她回复掉涉及她各类业务的邮件，然后随意浏览着网页；她设想着在邮轮上和朋友们来一场新的周末度假，她打算装一整箱的比基尼。

新闻弹出来时，她划掉不看，好像是选举之类的新闻，这类新闻影响不到她，她并不想了解。她在卧室找了一处光线不错的地方，把周围的东西挪来挪去，然后给自己拍了一张照。接着她开始一张张选滤镜，再抬头时，几个小时已经过去了，

---

1 Twitter（推特）是一家美国社交网络及微博客服务的公司，致力于服务公众对话。可以让用户更新不超过140个字符的消息，这些消息也被称作"推文（Tweet）"。

外面天都黑了。

半梦半醒之间,她有一种浮在空中的感觉。这让她吓了一跳,接着,她仰面落地,醒来后满身是汗。

2

完全清醒后,她点开自己最新发布的内容,已经一百五十万个赞了。

她走下楼,感觉脚掌触到台阶时比之前慢了半拍,好像重力出现了偏差,好像她正在月球上漫步似的。

她涂上新款指甲油,接上长头发,去除掉脸上的角质,又化了一个小时的妆。她来回试穿着各种风格的衣服,难以抉择。没一件看着顺眼的,这让她觉得闷闷不乐,甚至都不想出门了。她又开始翻看杂志,尤其爱看那些专挑女人缺点的页面,这让她感到不安,但她沉溺其中,就是忍不住想要去看别人的缺点。

她查看着自己的 Instagram,思考着下一张照片如何惊艳全场。嘴唇肯定是一大卖点,填充过的臀部也差不多可以展示出来了。

她朝车子走过去时,感觉脑袋轻飘飘的,比平时迟钝,双脚踏上地面的感觉也不大对劲。她很纳闷,想知道这是不是与她新换的一双长到大腿的高筒靴,或者腿上搭配的黑色的破洞紧身牛仔裤,又或者贴身穿的蕾丝连体内衣有关。

她把安全带收了收,感受了一下它的松紧,确保她能安全地坐在驾驶位上。

她接受了一个青年杂志的采访,聊了她的新款自然丰满型唇彩。她回答着那些问题，没有一个问题会让她为难，这些人从来不会问她不清楚的事。她不会主动说起打针的事，而让她内心不安的因素也并不是杂志关心的点，他们似乎理解干这一行的年轻人很不容易，因为全世界的眼睛都盯着她。这次的采访和拍摄都是在她新开的冻酸奶餐厅完成的。

她在 Instagram 上发布了一张舔樱桃的照片，涂着她自家出的新款樱桃色唇彩，搭配着樱桃色指甲油，眼神饥渴诱人。过了一会儿，她看了看她的赞：两百万个。

她往回走向她的车时，双脚离开了地面，无法踩在地面上了。狗仔们都围着她，快门按个不停。她越飞越高，而那些人还在拍照。每个人都在拍，她看到闪光灯一直闪个不停。她努力维持着外表的冷静，时刻关注着面部肌肉的走向，但实际上她非常恐慌。怎么回事？她冷静的一面终于被剥下来，开始踢腿和尖叫。她的脚已经飞到了车顶的高度，在乱踢乱蹬的过程中，她细细的鞋跟划伤了新车的车顶，她挣扎着，想通过踩踏的动作在空气中保持平衡。她下不来了。

终于，青年杂志的摄影师从冻酸奶餐厅里跑出来，抓住她的脚踝将她拉回地面，随后她跌跌撞撞地跑回了餐厅。记者们将餐厅围得水泄不通，她飘起来的事瞬间人尽皆知，她现在火出圈了，一下子收获了五百万个新粉丝。她占领了各大新闻故事的头版头条，在有些频道还盖过了选举的风头。

当她的母亲兼经纪人急匆匆闯进门时，发现女儿正在用后背顶着天花板，端着手机读着有关自己的新闻。

急救服务把她从天花板上扯了下来并带离现场，而她还在盯着手机上有关她的新闻报道。她又有一百万新粉丝了，眼下她的粉丝数已经涨到七千万了,她又飘了起来。

她飘起来的同时,医学仪器发出嘟嘟声,管子被拉紧了。

专家注视着她。

她的妈妈兼经纪人恐慌地喊着让他采取点什么措施,而他这辈子还没遇见过这样的场景。

"她盯着手机看什么呢?"

"我估计她在看 Instagram 吧。亲爱的?"

"每一条新闻报道都在说我呢。"她的声音从天花板传来,她的眼睛依然盯在手机屏幕上,"妈妈,唇彩都卖光啦。"

她们就这样一个在地面,一个在天花板上,你一言我一语地聊起关于唇彩的事。

"她念完高中了吗?"

"是的。"

"她和别人相处都好吗?"

"她一直在家接受教育。"

"大学呢?她有没有继续接受教育?做过什么兼职吗?"

"她不需要,她有自己的事业。"

"这些是她经营的吗?"

"她的团队在执行,她是创意总监。"

"我了解了。"他说。"你喜欢阅读吗?"他朝着顶上的她问道。

"我现在就正读着呢。"她答了一声,眼睛死死地盯着屏幕。

"书籍呢?"

她皱起脸,摇了摇头。

"好吧，你看新闻吗？纪录片看吗？"

"我不会真去看电视，我有自己的真人秀，我自己就是电视节目里的人。"她大笑起来。

"我想我理解现在的情况了，"专家转向她的母亲说，"她的大脑空洞无物，它一刻不停地运转，但充满了各种华而不实的想法，绝大多数都是关于她自己。就因为这些，她的大脑空空如也，毫无内涵，里面没有任何能给她带来实质意义的东西，她整个人完全是一具空壳。"

"这很滑稽啊，她是个商人。她还是今年《福布斯》[1]'值得关注的青年'榜单前二十名，她身价数亿呢。"

"这并不是最关键的事。"他皱着眉说，"这些都是关于她自己的品牌，而且我猜这些品牌全是赚钱的项目吧，全是自我营销。"

"做生意都一样。"

"很多人都对实现自我这件事怀着极大的热情。热情会带来一定强度的内驱力，会在自我实现中产生积极循环，会想一心扑在上面、想驾驭好它，对它满怀憧憬。很多事都是有分量的。你女儿的热情是为了通过自我吹捧、自我营销从而获得关注，她的热情就是为了把自己造成一座神。你不能脑子里只想着你这个人，这无法产生任何分量。"

3

---

[1] Forbes，美国一本商业杂志，每两周发行一次，以金融、工业、投资和营销等主题的原创文章著称。该杂志广为人知的是其全球富豪榜和其他各类杰出人物或品牌榜单。

她飘到了窗户边,给窗外疯狂喊她名字的粉丝们拍着照。她不停地拍着Snapchat[1],却一不小心从敞开的窗户飞了出去,她的母亲兼经纪人没抓住她。她从她面前飞走了,从专家面前飞走了。她飘在粉丝的头顶上,大家都在给她拍照,却没有一个人帮她。她在空中越飞越高,最后彻底消失在人们的视线中。

　　在那之后,她又涨了很多粉丝,总数超过了一亿,一下子成了Instagram上粉丝数排第一的人,当然,她永远不会知道这些了。她的整个大脑塞满了太多自我,没有给任何涉及实质和意义的事留下空间。

　　她变得很轻很轻,脑袋里一片虚无,她飞走了。

---

1 Snapchat,即"阅后即焚",所有照片都有一个1至10秒的生命期,用户拍照并发送后,照片会根据用户预先设定的时间按时自动销毁。对方一旦截图,用户也将得到通知。

拥有一套得体西装的女人

1

那次工作面试失败之后,她开始不断地探索起一件事。

"对于你的得体西装,你有什么要说的吗?"面试官问她。

女人愣了一下:"你说什么?"

"你得体的西装,你会怎么说呢?"

女人疑惑地皱起眉来。她以前从来没听过这种说法。

"很抱歉,但我确信我并没有这样的东西。"

"你肯定有。"面试官朝前坐了坐,好像终于要从她嘴里听到让他感兴趣的内容了,就算它们并不是什么获奖感言。

"我真没有。"

"每个人都有。"

"每个人?"

"对,人人都有。"

她在心里暗骂了姐姐一句,这又是一个她没提醒到的点。

"就算女人也有……这种西装吗?"

他眉头一皱:"对啊,就算是女人。"

这话说得就好像这辈子她的鞋一直穿错了脚。她感觉有点失衡,整个人不知所措。得体的西装……全世界人人都有,就她没有。怎么没人跟她说过呢?她想了想她的衣柜,想了想她所有的衣服,心里琢磨着是不是其中有一身就是她的得体西装，但她从来没意识到？但她脑子里什么也想不起来。

"说起这个得体的西装，"她清了清嗓子，尽量让自己听起来不要像她感觉的那么滑稽，"它是我为自己准备的，还是别人给我的？"

"你自己就会拥有的，不过，有些人会认为这是一代一代传承下来的。"

"不，我家里没有，"她摇摇头，"我家人什么都不会保留，而且我妈妈以前也不怎么热衷于裤型套装。"

他一下子笑了，心里想着她是在开玩笑，接着，他好奇地看着她："总之，谢谢你今天来。"他站起来，伸出手，而她明白这场面试肯定失败了。

2

她回到家，感觉很生气，没有人跟她说过应该有得体西装的事，它又没写在求职申请表上。她读完了硕士，又读完了博士，有推荐信和这个岗位必备的经验，但偏偏在她成长的过程中从没有人跟她提过要穿一身得体的西装。怎么她的朋友也没告诉过她呢？或者说，这就像她的月经一样，最后还得由她亲自搞明白，毕竟父母实在是羞于启齿，又懒于亲自解释。

她给姐姐打了个电话。

"嘿，面试怎么样？"

"烂到家了，你有得体的西装吗？"她气冲冲地问道。

"得体的西装？什么意思？"

"你好好跟我说。"

"好吧，好，我应该是有的。我——"

女人倒吸一口气，姐姐竟然也有。她这个姐姐和她向来是无话不谈，向来会告诉她一切她应该知道的事——就算姐姐描述的法式湿吻让她对此失去了所有幻想。"那贾克和罗比呢？"她问起她们的两个兄弟，"他们也有得体的西装吗？"

"他们也有什么？"

"得体的西装啊！"她差点在电话那头喊出声，但她使劲吸了一口气，忍住了。

"我了解他们，你也了解他们，亲爱的——他们俩肯定是有的呀。特别是罗比，我的意思是，他不是有两套吗？"

女人喘不上气了，两套？她心想：是妈妈和爸爸给你们的？都传承给你们了？如果是这样，为什么把她排除在外了呢？

"你在开玩笑吗？亲爱的，你没事吧？你听起来……怪怪的。"

"我好着呢，"她迅速抢话，"好吧，说实话吧，我不太好。那个工作我肯定是完蛋了，他问起关于我的什么得体西装的事，我没答上来。"

"什么？但你的聪明头脑在咱们整个大家庭里可是排行第二的啊！"

"聪明可不够。很明显这是跟穿搭有关的事，我也需要得体的西装。我得去找一套。"她啪的一声挂断了电话。

3

她一把将衣柜打开，细细察看她的衣服。她想，一套西装意味着两件套，类似这样的搭配包括裙子配夹克，或者裤子配夹克,裤子配女式衬衫应该也不错。她又开始发蒙了,在她的印象里,姐姐似乎也从来没穿过西装。不过,她已经下定决心,并且把衣服全取了出来。她一件一件地试穿,反反复复地搭配,一边在房间里踱步一边试着打分,看其中哪一件能让自己眼前一亮,能让自己感觉更得体。她有一件露背的红裙子十分与众不同,让她感觉整个人一下子挺拔起来,双肩平整,胸部高高耸立。她穿着它参加了哥哥的婚礼,但整个过程中一直不太自在。而就在那一晚,她邂逅了詹姆斯,体验了她一生中最销魂荡魄的一夜。但在她眼里,这并不能说明一套得体的西装就等同于"一生中最性感的"穿搭,或许这会是她的新雇主对她的要求,但万一真是这样,她多少有些不太确定这种事会让她愿意选择在那儿工作。

她的室友走过,瞥见了她房间里的一片凌乱,就把脑袋探了进来。

"你这是在干吗呢?"

"你有得体的西装吗?"

室友顿了顿,然后回答:"我爸说,当我离开房间时,会带来无限欢乐[1]。"她笑着说完,看到对面的人露出了一个茫然的表情,她只好耸耸肩离开了。

女人皱了皱眉,整个衣柜里的东西都被她掏了出来,堆满了地板和床。她花了好几个小时,把所有衣物一样一样地试了一遍,还在电脑上建立了一个算法,来演示每件单品如何能和

---

[1] 此句援引美国励志作家威廉·亚瑟·沃德(William Arthur Ward, 1921—1994)的诗歌,即"每个人都有让别人快乐的力量。有些人仅仅一进房间就能做到,有些人则在离开房间时"。

谐地搭配在一起。可是,就算试了整整六个小时,她还是找不出那套属于她的得体西装。

她抓起包,开车直奔商场。

4

接下来的一个月,她按照自己的方案,一步一步地研究着商场里现供的每一条裙子、每一款女裤套装。每天早上十点她都会准时到商场试装,一直试到下午六点,只在午餐时间休息一个小时;她还雇了一个私人购物顾问,帮她把所有闲置单品从商场店铺拿到她的试衣间。整个商场共有五层,她把每一层店铺里的衣服统统试穿了一遍。为了不错过新品上架的时机,她甚至还给商场留了自己的电话号码和邮箱地址。每到晚上,她会以案例的形式来研究自己的问题解决到了哪一步。它是一个按字母排序的名单,里面罗列着这家商场入驻的数千个设计师的作品,从 Acne Studios 一直列到 Zac Posen。她细细查阅了这些牌子的本季和下一季系列,给那些带有得体西装味道的衣服做了标记。同时,在既往设计的基础上,她对未来系列做了预判,想看看能否加入两件套式的裤型套装和裙子套装。她把自己的名字写进了商场的试穿名单里,还攒了一大堆待办。最开始,她在心里想,一套得体的西装肯定始终经得起时间的检验,不会盲从那些变来变去的时尚趋势,但后来她就意识到她这种想法站不住脚,于是重新调整了研究方案。这里面的门道可真多,她以前都不了解,这让她的研究越发深入。她添加了一个情绪板[1]，里面都是她喜欢的面料，又加了一个特别的插页版块，详细说明了这些套装怎么混搭、怎么组合，纹路和印花如何互补又如何碰撞，她参考着不断变化的时尚趋势，想打造一套理想中的属于她的得体西装。

这样有条不紊的日子一天天过去，某天她照例去了商场，在试衣间待了好几个小时才离开。同一天，商场总经理前来视察各个门店，她听到销售们无数次谈起商场里的一名问题顾客："该拿她怎么办呢？""该叫她离开商场吗？""禁止她进入？""对她发出警告？"她已经把所有私人购物顾问的时间都用完了，就为了找一套得体的西装，没一个人明白这到底指什么，而且她还没掏钱买过一样东西。更麻烦的是，保安给每一层清场时，发现她在试衣间留下了一个手提包，这可把每个人都吓得瑟瑟发抖。手提包里有个文件夹，销售助理们围着它乱作一团，检查着这位顾客的私人文件。

"她是别的商场派来的间谍吗？"其中一个问道。

"咱们找找证据。"另一个一边回答，一边掀开笔记本电脑，手指悬在电源键上犹豫不决。

总经理清了清她的嗓子。

所有人的耳朵立马竖起来，他们扭过头，很惊讶地看到她出现在门口，接着，大家纷纷集合上前，同时把那个笔记本电脑一把塞进了手提包里。

"这位问题顾客在退货前把衣服都穿过了吗？"总经理一边

---

[1] Mood Board，由图像、文本等数个样本组成视觉呈现或拼贴图，直观地说明作品计划呈现的风格，作为设计方向与形式的参考。

问,一边示意员工将那个手提包递给自己。

"她没有把那些衣服带离商场,她一样东西都不打算买。"一位私人购物顾问回答道,"我不介意给任何顾客提供帮助,但是她在占用那些真正想买东西的顾客的时间。"

总经理快速翻看着这个带着各种图表的文件夹,她发现了那个情绪板,停下来认真地看着。随即,她被勾起了兴致,又多看了几眼。过了一会儿,她合上手提包说:"我想跟她聊聊,等她来的时候,让她来见我。"

5

上午十点,女人准时出现在商场,安保负责人让她跟着自己前往管理层。女人感到很吃惊,但还是照做了。片刻后,她坐在总经理面前,如此待遇让她心里慌乱无比,接着,她看到了面前桌子上的那个手提包。

"很抱歉,我把包丢在这里了,说实话,我真没想着给你们添乱。昨天快半夜的时候,我才想起我把它给忘了。我给商场打了电话,但那个时候确实是太晚了,商场已经关门了。我怕你们担心里面的东西,所以留了一条语音短信解释了一下。我理解丢下一个包造成的安全隐患。"

"不必道歉,"总经理说,"虽然我们没有打开这台笔记本电脑,但我们确实得看一眼包里的东西,确保里面没有什么威胁。"

"那是自然。"女人尴尬地看向一边。

"我已经获知,你这一个月以来每天都来商场,把所有的衣服都试穿了一遍,但没有买下任何一件。"总经理说。

"这犯法吗?"

"这确实不犯法,但你知道,你完全不打算买任何一样东西,这在我们眼里显得多反常。"

"我不是不打算买,我也没打算浪费你们的时间,看,我带钱了,如果你不信我的话。"她从包里掏出钱夹,给总经理看了看里面的现金和信用卡。

"你不必向我展示它,"总经理温柔地说,"不过,告诉我,你到底打算找什么呢?"

"我没法说。"

"为什么呢?"

"说出来太尴尬了。"

"我不会对此评头论足的。我问你的原因在于,作为一个经营着六家连锁商场的人,如果我的顾客花了一个月的时间,把我们的在售衣物挨个试了一遍,却还是找不到自己想要的,这会让我很担心。如果这里没有,那纽约或者芝加哥会不会有,再或者就是洛杉矶。如果这些店统统都没有,那我可能就得跟我们的采购聊聊了。这让我很苦恼,我们摆了占地十五万平方英尺[1]的衣服,却无法满足一位如此热情的顾客。"

"这样啊,"女人放松了下来,"好吧,这件事有些尴尬,但或许你可以帮到我。上个月我参加了一场工作面试。我本科读的是商业——是班里最优秀的毕业生。我还有金融学博士学位和几封含金量很高的推荐信。但最后我没有得到那份工作,我应该拿下它的。"

---

1 约两个世界杯足球场的大小。

"对方在你的面试着装上给出什么评价了吗?"总经理试图搞明白她的意思。

"没有,他问我我的得体西装是什么。"她又开始尴尬了,脸唰地一下红了,"我只能告诉他我没有,我甚至从来都没听说需要有个这样的东西。但很明显,每个人都有,好像是我没赶上什么时尚潮流似的。所以我每天都过来,想找出一套。"

总经理坐起身,睁大双眼,想好好消化一下刚才听到的话:"你一直来这里就是为了买一套得体的西装?"

"是的。"

"这些图表和评论,还有这个情绪板,都是为了把我们商场现卖的所有单品结合起来,从而给你打造一套得体的西装?"

"是的,"她轻声说,"我想着,是不是把正确的组合放在一起,我就能一下子搞明白了,但我现在对这件事不太肯定了。"

总经理笑了起来:"那你告诉我,如果你一直找不出一套得体的西装,你会打算放弃吗?"

"放弃?肯定不会啊,来,我给你看这个……"女人从手提包里掏出了她的笔记本电脑。她打开了过去一个月以来不断修改的那份全面细致的图表,滔滔不绝地讲起各种设计师风格和潮流趋势如何影响到女士套装,分析得十分透彻。经过对尺寸和定价的深挖,她指出了几个令人惊讶的事实。"我每周都在等新品上市。如果新到的不合适,那或许春夏季的更适合我。我还会一直退货,直到找出我那套得体的西装,只是可能不会像现在这么定期地做……"她不好意思地笑了一下,"我承认我做起事来会有点强迫症。你能帮我吗?"

总经理此刻满脑子只有一个想法:"我需要你加入我的团队。"

"你说什么?"

"我需要你和我共事。"

女人惊呆了:"就算我连一套得体的西装也没有,你也愿意让我为你工作吗?"

总经理笑了:"这一整月,你每一天都从早上十点一直待到闭店,不停不歇地寻找一套得体的西装。你的研究和分析全面而透彻,胜过了我的任何一个员工。亲爱的,我想说,你已经找到你那套得体的西装了。"

"我找到了?"

"你是个从不放弃的人,对吧?"

"那当然,但你觉得我那套得体的西装到底在哪儿呢?是在四楼的时尚区吗?如果没错的话,是深蓝底带粉色螺纹那一套吗?因为我试了它五次,感觉有点那意思。"女人的眼睛亮起来,隐约觉得她要找到答案了。

"不是的,"总经理说,"它一直都穿在你身上,它是属于你的一部分。当人们说起'得体西装',指的是一副好牌中张数多的花色,拿着这些牌你就能赢。"

女人皱皱眉:"不,我确定我的工作面试和纸牌游戏没有任何关系。"

总经理笑了:"这个词同样意味着强项,一个人的长板,一个人发挥最出色的特定天赋、才能或者优势。"

女人恍然大悟,掀开得体西装的神秘面纱之后,她松了一口气,这并不是全世界在合起伙来骗她,但她放松后马上就觉得有点尴尬。

"不必难为情,"总经理很快开口,"我很庆幸你没有得到你最后面试的那份工作,不然的话我就永远都遇不到你了。你已经毫无保留地展示了自己的个人优势。你的锲而不舍就是你的优势,如果你能加入我的团队,我会很荣幸。"

她伸出了手,女人惊讶地看了看,为这意想不到的转机开心地笑了起来。

"那么?"总经理急切地问,"你是怎么想的呢?"

"我想,我要亲手把这副牌打好。"她笑着说完,上前握住总经理的手。

讲女人语的女人

1

内阁是政府最有权力的机构,它对整个国家行使行政权力。这个国家的国民有男有女,但在政府及内阁任职的却是清一色的男人。国民议会的席位上,坐着两百位男性政客,其中的十五位在内阁中担任部长职位。这十五个男人日复一日地开会讨论各类国家大事,而这一天,政府的首席顾问带着一份调查走进了内阁会议室。

"我这儿有一份意义重大的调查。调查结果显示,这个国家有相当多的女人对我们的领导心生不满。"

男人们听他解释着这份调查是如何展开、解释并分析的,他还提到政府各类办公室里的不少男性也参与其中。

"女人们遇到了什么困难?"老大问。

"她们对内阁乃至整个政府中都没有女性成员代表她们发声表示很失望。"

一些男人哈哈大笑。

"但我们是为每个人发声,"一个人开口,"我们代表全体公民行事。"

"但她们说,我们没有代表'她们'行事。而且,我们实际上也没有听取她们的担忧。"

"我们没有听取什么?谁在议论什么吗?我漏掉了哪份报

告吗?"老大连连发问。

"这项调查是专门在我国的女性人口中展开的,或者说,参与者大多是女性。"

"那些未持反对意见的女性人口是什么情况?"

"她们并不认可这些心生不满的女性,觉得她们就是想搞男人那套作风,她们希望这群女性能消停点,低调行事。"

"所以说,这是女人之间在打内战了?"

内阁里又是一阵哄堂大笑。

老大思考着这份报告,仔细察看着附录里的饼状图。这些数字并不好看,抱怨的比例变大了。这样的数据比例让他感觉很不爽,尤其是在这类事关重大的调查当中。他已经意识到,要好好听一听这类调查中的声音,而且他对这位首席顾问有种冥冥中的信任。

"老大,让我说两句……"一个内阁部长开口,"如果本内阁或本政府中没有女人,那就没什么女性问题要聊。一旦我们允许女人加入我们,那问题立马就被制造出来了,它们会突如其来,不管遂不遂你的愿。"

不遂你愿,是啊,没错。这可就真为难了,手头还有那么多更有分量的事等着他们处理,不能再增加工作量了。

"这不会是反对派制造把戏,新搞出一套装疯卖傻的东西在这儿耍我们呢吧?"

"这是咱们自己做的调查,老大。"首席顾问立场明确地说,"是你要求我们在暗地里调查选民的满意度。"

"对,但我没说去问女人!"他意识到音量的升高,于是强行让自己冷静了一下。他不是平白无故在这儿当老大的,他得做出考量和决策。他的大脑运转着，随后他做出决定："我们必须得有点行动。让她们派一个发声代表来见我们，我们来听听，看女人到底有什么话要说。"

2

他们寻到了一个睿智的、受过良好教育的漂亮女人。她一出现，所有人的眼睛都粘在她身上，上下打量着她，有些人谨慎地掂量着分寸，有些人则不然。

女人开口了，她说了好久好久，似乎一句都没断过。

老大皱着眉，看了看身边的各位。他感觉不太自在，精神开始涣散起来。他喝了一小口水，他没有听错她的话吧？他四下看看周围的同事，有的眉头紧皱，有的一脸关切，有的嘴角带着一丝假笑。他们的反应并没有让他感觉好受一点，他已经被她搞得不知所措了。

女人发言结束，所有人的脸都转向他，空气中弥漫着耐人寻味的沉默。老大清了清嗓子，对女人的到来表示感谢。随后，她离开了。

他环顾全场："你们有谁听懂了吗？"

大家纷纷摇头，嘴里叽叽咕咕地抱怨着。他能看出他们松了一口气，因为在场没有一个人听懂了她的话，而他自己也一下子把心放回了肚子里……他不是一个人，也就是说，他没有不在状态。

"你怎么请来一个不会说我们国语的女人呢？"

"我们请了，老大。她说的就是咱们的国语，只不过她说的是女人的版本。"

他们琢磨着这句话。

"这就能说通了……每个字单拎出来我都听得懂,但是放在一起我就理解不了了。而且她的语调吧……"他看到一些人打了个哆嗦,"有点个性。"

"是刺耳。"他听到有人嘟囔了一声。

"女人应该更柔软一些,用这种语气说话捞不到任何好处。"又有人开口。

"这语气显得自己好像什么都知道似的。"另一个人说。

"对啊,老大。"首席顾问边做笔记边附和着。

"所以这就是女人的说话方式吗?"老大问。

"是的,老大。我们想,这肯定是一种她们特有的语言。"

"而且,咱们国家的女人也希望我们像这样说话吗?"

"这是两回事,老大。女人们希望你们能理解她们的特有语言,同时她们也希望说这种特有语言的女人都能参与政府事务,这样一来,她们就能用自己的声音来发声了。"

"怎么不想着把男的全都赶跑呢?"一个男人似乎被气炸了。

"好了,冷静一下。女性政客来代表女性公民?"老大斟酌着。他能看出这样做的利益,这不失为一种方法,能在突发问题产生不必要的工作负担时,将负担移交给问题的提出者,但是,万一她们做出了男人反对的决定怎么办?更棘手的是,万一做出让他们听不懂的决定怎么办?

"不是的,老大,"首席顾问打断了他的思考,"这个想法是说,让政府中工作的女性来代表全体国民,不是说只代表女性。"

一阵笑声中,夹杂着叹息声。

"太离谱了!要是这些人都是女的,嘴里说的都是女人语,她们怎么代表得了男人?"他问。

"这恰恰是女人们针对男性政客们提出的关键问题,老大。"

全场忽然鸦雀无声。

"请让我讲两句,"首席顾问打破了沉默,"不光是特有语言不一样,她们的思想跟我们的也不一样。"

真是个让人心情沉重的消息,不同的意识形态加上前所未有的声音,这很有可能会打破他们现有的平衡状态。

老大认真思考着这道巨大的难题。"但如果一个女政客操着不同于我们的特有语言,又有不同的思想,她又如何代表一个男性公民呢?没有哪个男人会对此妥协的。"他说话时,感觉额头上都是汗,"男性选民是不会喜欢这样的。"

"老大,如果你看看这张图表,你会发现选民当中有很大一部分都是女性。"

"没错,但男性选民的声音更大。而且就因为声音更大,所以报纸的各个头条都会用更大的字体来表达他们的想法和他们的问题,这是我国最大出版商的编辑告诉我的。他们会在最火爆的页面报道更多与男性有关的事,因为他们的男读者更多,而之所以男读者多,是因为男人的手更大,能更方便地拿起这种考究的大版面报纸。"

"老大,我们发现女人已经可以轻轻松松地拿起相同版面的报纸了,而且网络媒体也在不断发展,现在有很多不同的新闻来源,标题和字体的大小已经不是什么要害问题了。"

"但你也亲眼看见了刚刚那种情景,全场没一个人听得懂那个女人在说什么！这让我们怎么并肩作战？"

"女人们相信，随着时间的推移，男人们能学着理解她们，就像女人已经学会理解男人的语言一样。所有女人都讲男人语，所有女人都是说着双语长大的，而这间会议室里没有一个男人讲女人语。从调查来看，女人认为这应该是双向的。"

老大叹了口气，这真是个棘手的大难题。而且，他不确定他是否喜欢女人长期以来有自己的秘密语言这件事。

"这次有多少女性选民给我投票？"

"一半，老大。另一半完全弃权了，所以从好的一面来看，她们只选了你，没有选别人。"

"那我要是请女人加入，到时候女人就都给她投票去了。"他尽量不让自己的声音透出一丝慌乱。

"说不定她们也会给你投票呢，因为见证了你倾听她们的意见，并且正在做出改变，这会让她们觉得没准儿你对她们的事更上心，这些有可能让你获得多一倍的支持。"

老大本来想说自己不需要她们的支持就能站在这个位置，但他没说出口。他叹了口气："最起码能给我们安排个翻译来搞明白如何讲女人语吧？"

"这简直是胡闹！"司法和平权部长突然开口了，他噌地一下站起来，气得浑身发抖，"安排翻译？我还就不吃这碗饭了！"话音刚落他便冲出了房间。

首席顾问感受到这种氛围，开口调解道："老大，我们相信有些女人能够也愿意适应男性的言谈举止……以便让她们一只脚踏入门槛来开口发声。她们能讲我们的语言，身为女人这个事实不会动摇她们的意志。她们的女性特质已经被最小化，很轻松就可以忽略不计。"

"嗯，我想她们肯定会给这里带来翻天覆地的变化，这一点大家没异议吧？"

在场的人纷纷点头。

"我们越是不注意她们的女性身份，我们就越能出色又高效地为国家完成工作。"

满场附和之声。

"如果女人们在某种程度上去女性化，并且说着我们男人特有的语言，我们就能找到一种与她们交流的方式。"

这是一个认可度较高的决定。

"嗯……那咱们就找一些别张嘴闭嘴都是女性议题的，并且讲男人语的女人。"

"这恐怕有点困难，"首席顾问仔细看着清单说，"她们希望你允许她们表达自己的女性见解。"

"男性是政府的主流，"老大解释说，"女性成员得服从既有的运转方式。"

"既有的运转方式是基于男性的见解。"

"没错。"

"但要是说到女性的见解呢？"

"针对什么？"

"针对女性问题？"

"男人会对这些问题加以考虑的。"

"那么，她们针对男性问题的见解呢？"

"她们的见解？"

"这些也会被加以考虑吗？"

"不可能！"他差点笑出声，"这太荒唐了，女人怎么能对男性问题有自己的见解呢？"

"那是因为，在这届内阁当中，全体男性都对女性问题有自己的见解，他们一直在这样做。在整整三十五届内阁中向来如此，在这个国家的历史长河中从未变过。"

一阵尴尬的沉默。

"那是因为我们是主体！老实说，人家会觉得你这是专替女人说话。"

"完全不是，先生。"首席顾问一边说，一边感觉他的上唇冒出一层薄薄的汗珠，"我只是想用该有的严肃态度来对待这份调查。这一比例的人口如果长期如此缺乏幸福感的话，就好像一个一直处于摇晃状态中的汽水瓶，迟早有一天会爆发。"

"我知道了，"老大已经厌倦了，"咱们先允许讲男人语的女人加入我们，来讨论我们提出的问题。从这一步开始，接下来我们看看会往哪一步发展。"

内阁成员们点头认可，这个折中方案还算公平。进步是进步，但选什么样的女人，得由他们来决定。

3

"本场已休会。"

随着大家纷纷离场，老大脑中忽然浮现出一个想法，他把首席顾问叫住。

"咱俩单独谈谈！"

他们等着最后一位内阁部长离场，身后的门随即被关上，全场只剩下他俩。

"我已经亲身经历过,女性全然为女性的时候,往往会使男性分心,让男性听不懂她们嘴里到底在说什么。"

"是,情况看起来是这样。"

"我们可以利用它,让它成为我们的优势。"

"我们可以吗?"

"没错,找一些这样的女人,你知道我指的是哪些人。"

"是,老大。"

"我们可以在一些特定的事务上利用她们来分散人们的注意力。从她们嘴里说出来的话会让人迷惑,说不定会掩盖话语中的实际内容。这对我们和我们的政党议程都有帮助。"

"说得对,老大,这么一来我就很有思路了,我们需要讲男人语的女人在政府中讨论每日议题,需要讲男人语的女人来解释女性议题,同时,我们还需要这样的女人在更棘手的男性议题中扮演分散人们注意力的角色。"

"没错。"老大一边说,一边志得意满地向椅子后面靠过去。

"那我们如何使用政府中的男人呢?"

老大哈哈大笑起来,好像这话很荒唐:"男人啊,就是男人——他们的角色就是做个男人,不会受到什么干扰。他们开口讲的就是男人语,所有人都会洗耳恭听。"

"那是自然。"首席顾问奋笔疾书,就差把纸灼出洞来,接着,他整理好笔记,匆匆走出会议室。他将一沓纸搁在外面的办公桌上,然后直冲洗手间,感觉汗水正贴着后背沥沥不断地向下流淌。一踏入小隔间,他立马锁上身后的门,松开领带,再解开衬衫的第一颗纽扣。他感觉无比窒息,整场会议中,他在心里喊得声嘶力竭，才没让自己失声尖叫出来。汗珠从额头坠下，他拿起纸巾擦了擦。接着，他用指尖抠了抠前额，把他的秃顶慢慢地剥了下来。

4

她的头发松松散散地在两肩垂落。她沮丧地揉了揉脑袋，给自己几分钟来卸下拘束。像这样的日子还要挨多久——成为团队里最受尊敬的顾问，而代价是掩盖她的真实身份？

但话说回来，今天是个进步，是某种意义上的胜利。

她坐了一会儿，记了些笔记，又看了眼手机。随后，她再一次戴上她的光头造型假发，确保每一根发丝都好端端地藏在发套下面。她一丝不苟地扣好衬衫上的每一颗纽扣，收紧领带结，再把皮鞋擦得锃亮；她清了清嗓子，顺了顺音调，接着，从男厕所走了出来。

保卫性腺的女人

1

"我想做一个输精管切除术[1]。"男人说着，感觉烦躁不安，一只手不停地摆弄着他的婚戒，让它在指头上来回滑动。

他坐在一个会议室桌前，有种被看穿的感觉，面对眼前三个西装革履的女人，他觉得自己一点也不占上风。他虽然经历过职场环境，但这次的谈话是关于私人事务的，而且她们的一举一动都让他觉得忐忑不安。这场如同审讯的会议正在不断加剧着空气中的紧张气氛，一切都在他的意料之外。他尽量朝着坐在中间的那个女人说话，因为截至目前，她一直主导着整场对话。他拿起面前的冰水，咕咚一声喝了一大口。

坐在右侧的女人对他的话感到恼怒，坐在左侧的女人腰杆挺得笔直，坐在中间的女人抬着下巴用鼻子看着他，但无论如何，她是给出回应的那个人。

"不想要孩子是一种复杂的感情，这很正常，尤其是如果意外怀孕的话。"她说。

不要跟我定义我想要什么，不要跟我定义我的感受。他有

---

1 又称输精管结扎术、男性结扎，是切除男性两条输精管的部分组织，以达到绝育或控制生育的手术，是一种男性避孕的方式。其原理是阻止精子透过输精管汇入精液中，不会影响阴茎及睾丸的其他功能。输精管切除后，射精时仍会有精液，只是没有精子，不影响其他性功能。

点生气。

"所以,你应该始终对生孩子这件事有所计划。"右侧那位健壮的女人插了一句。

"我们在这里是为了给你出谋划策,"中间的女人继续说着,"针对你要做输精管切除术的决定。"

"我已经有两个孩子了,"他说,"我明白这件事需要慎重考虑,我爱我的孩子,但我们确实不能再要孩子了。我们觉得现在这个家很完整,经济上也刚好能够负担。再说,我妻子肯定也不想再多要一个孩子了。"

"请问你是从哪里听说输精管切除术的?"

"我在网上看到的。"

"那你知道,它在这个国家是违法的吗?"

"是吗?为什么这个国家不能做呢?我听说它是一项安全快捷的,十分钟就能完成的手术。"

"在这个国家不行。"

"但我想分担一些避孕的压力。生还是不生,我想有一些自己的控制权。"

"不行。"右侧的健壮女人说。

"你说不行,指的是什么?"

"你得不到这样做的许可。"

"谁说的?"

"法律。"

他感觉一阵怒火中烧。

"你体谅一下,玛丽对这种话题的态度比较强硬。"中间的女人温柔地说,"当你说你们没法再多养几个孩子的时候,你指的是你马上就要因此活不下去了吗？"

"不！"他大喊。

"哦，可惜，可惜。"她啧啧几声，"好吧，我恐怕得说，要想让我们今天就为你开刀，这是唯一可行的情况。"

"或者你的精子刚离开你的身体，就能立刻对你产生致命危险。"左侧那位瘦女人插了一句。

他惊慌地看了她一眼："会有这种事？"

"谢谢你了，阿曼达。"中间的女人伸手握住同事的胳膊，想让她平静一点。"史密斯先生，你有没有想过，你对自己的精子负有道德责任？"

他睁大眼睛："一颗精子又不是一个生命。"

玛丽猛地倒抽一口气。

"胚胎学和遗传学解释得很清楚，人类的生命是从受精环节开始的。"男人现在非常生气。

"如果没有你的精子，你的妻子能生下你们的两个孩子吗？"玛丽问。

"不行，那当然不行了。"

"对啊，就是这意思。没有精子，根本不可能有生命。有了精子，下一步才能创造生命。你无法阻止生命的不断轮回。"玛丽说。

"另外，你为什么考虑不到精子的影响呢？为什么要否认精子有权变为生命这件事呢？"左侧的阿曼达问。

"我有权选择怎么处理自己的精子。"他恼怒地回答。

"我明白这不太好理解，但你的生育权就是我们负责的业务。"中间的女人回应。

"这太荒唐了,"他一边站起身,一边大喊,"不管你们主观上同意还是不同意,这都不是重点!你们没办法基于你们的个人意见对我的身体做决定。这是我的精子!是我的睾丸!"他怒吼着,面红耳赤,脖子上青筋暴起。

一阵耐人寻味的沉默。

"这并不是我们主观的想法,"女人语气轻柔,不想把他再惹毛了,"是法律这么写的,这就是区别。"

"但是,这很荒唐,"他不服气,"这是我的……你们怎么能……"他急得说不出完整的句子。"一个男人能对自己的身体怎么样,又不是你们说了算。"他说,"我这辈子从来没听过这种说法,这简直……前所未有。"

中间那个女人挑了挑眉。

"你们在电话里怎么没跟我说这个呢?"他忽然醒神,想到了这一点。

"我猜是你通话的对象让你过来的,因为通过电话给出建议是违法的,这种事必须当面聊。"

"你们是给我出谋划策的,不是在这儿振振有词地给我下禁令的……我要投诉你们。总之,我不管你们怎么说,我要买机票,全世界有上百个国家,我要随便飞到一个可以合法又安全地完成这项手术的国家,我不会停止寻找的。"

左侧的阿曼达摇了摇头:"天哪。"

"你本来不该跟我们说这个的,"中间的女人说,"我们也许有义务提醒政府,接着,政府会给你下发一个出境禁令,阻止你出行。"

"这是在说什么话?!"

"不过呢,如果你设法成功出去了,又没有惊动政府,当你回国的时候,"女人提议说,"请一定联系我们,我们很乐意给你提供免费的输精管切除术后医学检查和护理服务。"

2

玛丽的视线越过他的肩膀:"伊芙琳又来了。"

他转过身。

他看到一个女人举着一个招牌,上面是一幅阴茎的细节图:存好精液。

"真恶心。"他啐了一口。

"真是粗俗啊。"中间的女人嘴里不断啧啧道。

"这光天化日的。"健壮女人补了一句。

"还离学校这么近。"瘦女人说。

"小蝌蚪这个词会好点儿。"中间的女人说。

男人瞪大双眼看着她们,简直不敢相信自己听到的话。他最后看了三个女人一眼,从诊室离开,他走过那个默默抗议的人。

"这是我的身体,"他朝她喊,"根本轮不到你们来做主!"

她把招牌倒转了一下,露出一张精心绘制的睾丸细节图,图片上方有一行字:保卫性腺。

被简单归类的女人

1

"打扰一下！"她朝身下办公桌前的文员说。

文员没理她，她正忙得不可开交，两只手上下翻飞，迅速地把纸质文件放进身边的各个小格子里，根据颜色、主题或关键词分类之后，眼前的一切立马变得一目了然。

"呦吼！"女人换了个声调，挥舞着两只胳膊。

文员要么就是故意不理她，要么就是听不到她的声音。她被挤在办公桌顶部的一个正方形小格子里，她扭来扭去，想挪一挪胳膊，挪一挪腿，但她被卡得死死的，根本活动不开。

"打扰一下！"她对着文员大喊大叫，"我不属于这里，让我出去！"

文员看都没看她一眼，继续将各类文件投进她周围的一个个小格子中。

被困在这个格子里对她来说是一种羞辱，她是一个丰富多面的个体，岂能被简单地框定在某一个小格子中——她还可以被放在各种各样的格子里，她还有那么多不同的样子。

"她不会听你的。"有个声音从她的身下传来。

她低头一看。

"嘿，"往下数几排的一个格子中，有个女人蹲在里面，"我叫珍妮特，一个单亲妈妈，干什么都半途而废。"

"嘿,珍妮特。"她说。

"我还会弹尤克里里,不过呢,某人好像完全不在乎这一点。"珍妮特抬高嗓门,想让下面的文员听到,然而,对方依旧无动于衷。

"哈!你好啊,我是狂野辣妈,很高兴认识你。"远处角落里又有一个女人开口,这个女人斜过脑袋看向她的右边。

"嘿。"她说。

"我每两周都会出去一次,每次一出去,好家伙,我都会喝大。"她说,"然后我就会跳舞,我那个形象可相当狂野,相当疯狂!小心点,玛丽一喝就喝大,相当危险!"她低头对着文员大喊,话里话外满是讽刺。

文员还在埋头忘我地整理文件,完全不理会这些已经归档的人。

"我还打网球呢,"玛丽又说,"我还喜欢玩成人着色书,还喜欢在沙滩上散步,但她并不在乎这些,对吧?"

女人听到有人从鼻子里发出哼的一声,她朝隔壁的小格子偷瞄了一眼。

一个正在锉指甲的女人抬起头来:"嘿,我是布鲁克,我比较害羞。"她靠在格子边上,把指甲锉刀丢向文员,然而对方一点反应也没有,她叹了口气。

"你好,这里有个飞行员妈妈!"分类架的某个角落传来一个女人的喊声。

"你好,飞行员妈妈,这儿还有个踢足球的妈妈!"另一个方向传来一个声音,"上一分钟我还是个傻女人,对国家大事不闻不问,时刻准备着把我孩子成功路上的所有绊脚石都赶尽杀绝，下一分钟我就烤起了小饼干！"

全场大笑。

"我比较古怪。"女人听到一个陌生的声音。她低头一看，有只手从一个小格子里伸出，挥来挥去。

"嘿。"

"我是个职场妈妈，人很自私，而且特别讨厌我的小孩！"一个声音突然加入，随后又是全场大笑。

有两只手分别从两个小格子里伸出来，隔空击了个掌。

"我是个胖妞，完事！"在一群低声细语中，有个女人的声音干脆利落地划过。

"我是一个狂热的健身达人，我会对别人的生活方式评头论足。"又有人说。

"我是一个健身的胖妞。"有人开口，一群人在后面起哄。

"我是一个老公有外遇的女人。"

"我就是那个跟人家老公搞外遇的恶女人！"有人立马接话。

"尼古拉·奈格尔，是你吗？"

"不是。"

"谢天谢地。"

女人们都笑了。

"我有恋父情结！"

"控制欲超强。"

"我喜欢调情！"

"给婆婆找事。"

"狡猾！"

"我表面上乐善好施,但一旦大家知道我的真面目。"

所有人异口同声地"哦——"了一声。

"二婚太太。"

"三婚太太。"

"情绪反复无常。"

"喜欢指手画脚。"

"骗子!"

"受害者。"

"幸存者。"

"爱慕虚荣!"

"唯物主义者!"

"太太团成员[1]!"

"环保主义者!"

"妻子!"

"妈妈!"

"妻子,刚刚失去了妈妈!"

"寡妇!"

"瘾君子。"

"时刻充满优越感。"

"专业唱反调!"

"女权主义者,而且厌男!"

"邋遢女!"

---

1 WAG,一般指随足球队参加比赛的球员的太太或女友,也指由已婚妇女组成的有统一目的的团体。其中较为有名的是2006年德国世界杯期间英格兰队的太太团。

全场笑声此起彼伏,接着是片刻的沉默,她们都得从喊自己的标签当中休息一下。

2

"这样就方便多了。"文员突然打破了这片沉默,她抬头看了看面前这个巨大的分类架,说道。

"什么更方便?"女人问。

"它就像一个标题,而你多读两句就能明白它的内容了。当人们见到你时,就能意识到你是谁。"

"但如果他们不喜欢这个标题,那就连见都不会见我们。"大家纷纷认同女人的看法,"而且标题常常是断章取义。"

小格子里的每一个人都朝文员扔了点东西,她低下头闪避着,重新探出头的时候,脑袋上戴了一个自行车头盔来保护自己。

"听着,别怪我,我只是把我的工作做好。这样肯定更方便,相信我吧。"

"对谁更方便?对你?"女人问。

"嗯,是吧,对我也方便,对其他人也方便。因为,这样一来,别人就知道从哪里能找到你,以及如何来看待你。别人来找你的时候,我就知道从哪个位置找出你,这样效率很高。"

"但是我不属于这里!这里还有很多格子跟我沾边。"女人解释了几句,"你这样做,我就没法发挥更多的潜力了。"她在格子里扭来扭去,感觉难受极了。

"完全同意!"有人附和着,"我是个胖妞,一个女权主义者,一个厌男者,还是一个荡妇,那我起码应该占四个格子吧!"

全场大笑。

"那我应该在你身上切上几刀,然后把你的身体分成好几块吗?"文员问。

"不!别开这种玩笑,让我们出去吧。"女人说,"别一天到晚寻思着把我们都关在这些格子里。"

"那不然呢?如果我把你们简单粗暴地堆在台面上,根本不会有人知道你们是什么。"

"人们可以在这些文件堆中多看几眼,然后自己决定。"

文员哼了一声:"一目了然。人人都想要一目了然。在拿到手中之前,要知道自己拿的会是什么。看看你们周围吧!"

她们四下看看,发现她们被成千上万个和自己一模一样的小格子团团围住,没有一个格子是空的,而文员正任劳任怨、兢兢业业地筛选文件。

"那如果对方在遇到我们的时候,想亲自花时间搞明白我们的情况呢?"

"这太费劲了,人们喜欢对方把谜底直接告诉自己。"

"我不喜欢别人告诉我谜底。"女人一边说,一边敲着头顶的隔板,心想要是空间大一点就好了,"我喜欢自己主动发掘,形成我自己的观点,然后,我会知道这只是我的一种观点,而非事实。"

"你很小众。"

"没错,但这里并没有什么小众的格子。"

"那就四舍五入一下,把你归到最相符的那个位置。"文员在尝试规劝她们。

"我不想这样。"

"你们没听过皮格马利翁效应[1]吗?期望越高,对方的表现就越好;反之还有魔像效应,期望越低,对方的表现就越差。你现在给我们每个人身上贴的标签都是基于我们的缺失点和我们可能面临的风险,而并非我们的优势和价值,你这样做,对这里的每个人都是一种损害。"

"倒也不是所有格子都是消极的,这儿还有个叫好笑的格子呢。"

"可是,我想被人严肃对待。"有个声音从那个叫好笑的格子里传来。

文员无视了大家,重新埋头整理文件去了。

不过,女人并不想就此放弃。挤在小格子里让她热得烦躁不安:"如果有人在这个地方寻找真正的我,那绝对会空手而归。你这样做就是在糊弄人。而且,你会让那些可能真心欣赏我的人错过认识我的机会。"

"可能吧。但我这样做可以简化文书工作的流程啊。"

"那又怎么考虑我想要的东西呢?"

"别这么难搞。"

"那我既不在难搞格,也不在小众格,"她愤愤地说,"你刚刚在我身上用了这两个词,但我现在的标签根本就不是这样定义我的。"她气鼓鼓地将胳膊抄在胸前,靠后坐着,两眼注视着文员把全宇宙事无巨细地归档。

"那你知道你是个什么吗?"有人在文员的头顶大喊,"你

---

[1] Pygmalion effect,又称"期望效应",与下文的魔像效应(Golem effect)同为心理学名词,都在强调提前注入的意念如何作用一个人的后期行为表现,皮格马利翁效应大多研究该现象的积极方面,魔像效应反之。

就是一副有色眼镜,除此之外什么都不是!"

听到这话,所有人哈哈大笑。

文员停下了手里的活,抬头看了看她们,恼羞成怒:"这话是谁说的?"

"我。"那个害羞的格子开口了。

"好,你现在得从这个格子里出来了,因为你刚刚的表现一点儿也不害羞。"

"我要去哪儿呢?"

"去难搞格,第三列倒数第五个。"

前一秒还是害羞,后一秒又变难搞的女人从她的格子里扭出来,跳上那个在格子之间上上下下来回移动的梯子,然后爬进了她的新格子当中。

3

一个新文员到岗来接管工作,身上穿着那套一成不变的米色裤子和衬衫。

"总部那边说,你现在必须停岗,搬到 B1 去。"

"B1?"老文员脸色一变,气得脱口而出。

"B1 是干什么的?"女人的声音响起。

"别多管闲事。"老文员回答。

"我没多管闲事,我更年期。"

"B1 是有色眼镜格。"新文员有点抱歉地说。

"这太荒诞了,我只是在提高效率而已!"

新文员耸耸肩:"抱歉,我只是服从命令。"

老文员放下手里的文件,不情不愿地走向了她的格子。她坐了进去，双手往胸前一抱："知道吗，我也想过，如果这种事情发生在我身上，那我怎么说也应该在艺术家格，我热爱绘画。"

"欢迎入伙。"女人一边说，一边敲了敲头顶的隔板，忽然，隔板移动了。她挪了挪架子，看了看眼前的标签：顽强坚韧。她咧开嘴笑了，在这个变大的格子里直起身来，感觉十分惬意，接着，她踢了踢侧壁。可喜可贺，这个格子是空的，侧壁也纷纷让路，她的腿终于可以无拘无束地伸一伸了。

跳上马车的女人

1

当她第一眼注意到有个女人正在前方的道路上行走时,她正沿着蜿蜒的乡间小道漫无目的地开着车。这位行人手里提着一个篮子,一副全然沉浸在自己世界当中的样子。车辆驶近时,她甚至都没抬眼看一下,就算这极有可能是很长时间才从她身边经过的第一辆交通工具,但她还是丝毫不在意。而开着车的女人实在是觉得很乏味了,她需要陪伴,她还需要一个副驾驶。因为尽管她此次的终点清清楚楚,并且就在视线内,但她还是完全不确定如何才能抵达她想去的地方。

女人把车靠边停在行人的面前,等着她走过来。她越走越近,女人放下了车窗,但这位行人并没有停下脚步,依然目视前方继续行走着,双腿像上了发条一样只顾向前迈进。她猜想,如果她不喊,这位行人会一直这样不停地走下去。

"你好!"她一边高声喊,一边把脑袋探出车窗。

行人一下子回过神来,停下了脚步。她转过身,好像很意外地看到自己刚刚走过的路面上冒出一辆小汽车:"哦,你好。"她往回走了几步。

"要不要捎你一段啊?"女人问。

"哦,真是太谢谢你了。"行人笑着,轻声回答她,"不过,我自己一个人走着就挺开心的,但还是很感谢你,你人真好。"

她这个回应让车里的女人有些不高兴。不高兴的原因是，这个女人想自己一个人；更让她讨厌的是，对于独行，这个女人好像还很乐在其中。

"你迷路了吗？"行人一脸关切地问车里的女人，而女人选择保留自己的答案，没有告诉行人。女人知道自己想去的地方，抵达那里是有点困难，但这并不等同于她就迷路了。她的目标正是前方那座山头。

"你准备往山顶走吗？"车里的女人问。

"哦，"行人抬起头，看着她们面前这座高大雄伟的山，露出了一副微微吃惊的样子，"没准吧！"她大笑，"说不定到了那儿之后我就知道了，我现在只是在享受旅途中的每一步。"

这句回应又一次让车里的女人感到不爽，她正拼尽全力朝着自己的目的地行进，她想不通难道谁还会有不一样的目标。她想偷瞄一眼这位行人篮子里的东西，但行人觉察到了，把篮子挪向一边。

女人恼羞成怒地发动了汽车，两人最后互相寒暄一句，就分道扬镳了。

正是行人脸上那份笃定的神情，她迈起步子时的那份自信，还有她篮子里透出的那份神秘，几种元素碰撞交织，反衬着女人的乏味，惹得女人开车时总忍不住通过后视镜张望她。但女人看她的一举一动看得太起劲，导致自己车的车轮拐出了路面，滑进了一道沟渠。当左前轮陷入沟渠时，女人眼前的最后一幕是行人闪入了一旁的田野当中，消失不见了。这简直令女人沮丧到极点，女人想知道她要去往何方，想知道她篮子里到底装了什么。女人希望始终能在后视镜中看到她的身影，换句话说，女人想要在她的前方跟踪她。

车陷在沟渠里，女人开也开不出，推又推不动，她就这样被困在了这条宁静的乡间小道上。这里前不着村，后不着店，更倒霉的是，女人的手机没有任何信号。她真的迷路了，又累又不知所措。正当她深深绝望的时候，耳边忽然出现了马蹄嗒嗒的声音，似乎有马匹正朝着她的方向跑过来。

她清了清衣服上的泥土和小树枝，朝音乐传来的方向看去。那是欢快的小号声，她一听到就不自觉地笑了起来。音乐声越来越近，她瞧见了一辆19世纪风格的敞篷大马车，一群乐手正在车顶上进行一场露天演奏。两名马车夫坐在前面，身上穿着金线钩织的红色军装夹克。他们把缰绳一收，马车就在她的身边停了下来，音乐声也戛然而止。这辆马车美得如梦似幻：车身包着红色的天鹅绒，上面错落有致地装饰着高奏凯歌的天使、威风凛凛的狮子和竖琴图案；马儿的鬃毛用金丝带编成了优雅的辫子。车顶站着的是一个六人组乐队，乐手们统一身穿华丽的演出服，头戴高高的金色礼帽。

"你好哇！"一位马车夫兴高采烈地冲着她喊。

"嘿。"她回应着，被眼前的壮观景象震撼到了。

六人组乐队装置齐全，还配了打击乐器——一个巨大的低音鼓悬挂在侧面，感觉要把整个马车带翻了。

"你遇到什么麻烦了吗？"长号手问。

"是我的车遇到了麻烦，我自己也快崩溃了。"

一马车的人都哈哈大笑起来。鼓手敲响了鼓的侧边，发出阵阵滑稽的声音。

"我正跟着一个行人，但她一闪进田野，我就把她跟丢了。"

"田野里没有适合人走的路啊。"小号手说。

"她走了她自己的路。"她一开口,就感觉有股嫉妒的火烧了起来。

"你想不想跳上来,跟我们一起啊?"小号手站在马车上问。

乐手们纷纷探出身子看着她,车身一下子歪向一边。

"你们要去哪儿呢?"她问。

"我们一直在路上呀,宝贝!"鼓手大声说,话音刚落,一车人齐声唱起了欢快的歌曲。

"一直在路上?去山顶的路上?"当马车安静下来,她开口问道。

"那当然!"

"真是太巧了,这完全是我一直期待的,你们可以带我去那里吗?"她问。

"当然可以!"长号手大喊,"跳上来吧!"

2

女人抬起脚,一下子跳上了马车[1],想都没想就把她的车丢在了原地。乐队一曲接一曲地演奏着,她坐在乐手们中间,感受着马车在弯弯曲曲的小道上一路前行,时不时地回头,看看谁在车后、谁在跟着,又转过头看看前面有谁、马上要超过谁。旅途中,大家发现那个她跟了半天的独行者出现在了前方的田野里。独行者的脸上还是不变的坚定神情,依旧目视前

---

[1] 英文语境中,俚语"跳上马车(jump on the bandwagon)"指随波逐流、从众的行为。

方，专注前行，现在她的手里提着两个篮子。

"咱们要不要停下来载她一程呢？"鼓手问，"她现在的位置可是荒无人烟啊。"

她本来想说"算了吧"，但一路走来，这辆马车一直都这么慷慨热情地对待着她，她无法开口。随后，马车夫收收缰绳，马车慢了下来。

不过，行人似乎根本听不到沉沉踏向地面的一阵阵马蹄声，也听不到六人组乐队在她的身后一路欢歌。

"你好啊！"马车上的女人朝身下的行人喊。

"哦，你好，又见面了！"行人咧嘴一笑，抬起一只手遮了遮眼前的阳光，"这马车可真漂亮啊！"她扭头扫了眼镀金装扮的华丽车身，女人坐在马车上，内心升腾起一阵妙不可言的得意感。

"你想上来吗？"女人问，"我们正直奔山顶呢！"

"哦，你真好，"行人说，"但我真的非常喜欢步行，请别介意。"她又说了一遍，"而且，我还有些事要做。"

女人被这种反应搞得忍无可忍了：她接连两次发出邀约，又接连两次被拒绝。行人的靴子在田野里走得脏兮兮的，太阳也要落山了，她马上就会冷得瑟瑟发抖。当乐手们互相打哈哈的时候，女人坐下来，气呼呼地抄起胳膊，当场决定，如果这位行人不跟她一路同行，她就要想方设法去找她的麻烦。

车夫动了动缰绳向马儿示意，马车就继续行进了。经过行人身边时，女人心里得意极了。不过，错失了拥有陪伴和便利的机会，这位行人却似乎根本没当回事，她沉浸在自己的世界里，做着自己的事，两只篮子在她身边一左一右地摇晃着。女人一直看着她，看着她渐行渐远，最后变成一个小小的斑点。

终于，经过长途跋涉，女人跟着马车来到一个漂亮的小镇。乐队宏大的演奏声吸引了所有人的注意，村民们纷纷从商店里、家里跑出来，将马车团团围住，一起往镇中心的广场挪去。这一路走得可不容易，马车在鹅卵石地面上颠来颠去，小朋友们又围在两侧跑来跑去，而乐队则卖力地演奏着那些他们最拿手的曲子。街道两旁满是彩旗，引导着马车一路前行，到达镇广场时，镇长先生正戴着镇长绶带，站在临时搭建的舞台上等候着。

"欢迎！"他的嗓音无比洪亮，当他弯下腰鞠躬时，胸口被印着小镇徽章的金色绶带压得沉甸甸的。"你成功了，"他说，"第二位在这个时间点来到我们这里的女人。你知道你现在在哪儿吗？"

"还真不知道。"她心情激动地说，但接着又皱起眉毛纳闷她是所谓的第二个女人。"这就是我们能抵达的最远处吗？"她带着些许期待问，"这里就是山顶吗？"

"并不是……但你要不要揭幕一下这块标牌，为大家纪念一下呢，你揭开就明白了。"

女人抽了抽绳子，红色绒布被拉开了，牌子上写着此刻的位置：马上就到你能走到的最远处。大家齐声欢呼起来。

"这真是个了不起的成就啊。"镇长洪亮的声音响起，乐队随即开始奏乐庆贺。

女人挤出一个笑容来表达自己的感激之情，但实际上，她心里有点失落，走到这一步让她觉得很空虚。"马上"是挺好的，但还不够好，她需要再爬高一点。但她不确定这辆马车会载她过去，马儿已经很累了，乐队需要放松一下，乐器需要调音，车子也需要检修，而且一车人都计划留在此地过夜休息。她真的不想在这里停留，但她觉得这辆马车已经把她带得够远了。

"我非常感激你们的盛情，"她对镇长说，"但很抱歉，我没法在这儿住下，你可不可以告诉我怎样才能到达山顶呢？"

"我建议你走那个方向。"镇长说。

女人顺着镇长所指的方向望去，竟然又看到了那个独行者的身影，她正离开小镇向陡峭的山峰一路走去。女人气得眉毛一下子拧住，怎么回事，那个女人怎么不知不觉就先行一步了？怎么会呢？

她在想，要不要跑着去追那个女人，但一想起她两次都拒绝陪伴的事，她便迟疑不决了。但不管怎样，总还能跟在她身后吧。就在她酝酿着自己的计划时，一首她从未听过的曲子忽然飘进她的耳朵，随着行人的身影渐远，又一辆马车出现了，它正驶出一条狭窄的小道，往镇子的方向靠拢过来。此时的女人简直不敢相信自己竟如此走运。这一辆马车披着粉色丝绒，嵌着银色的装饰纹样。手握缰绳的车夫是两位同样身着粉色的女士，华丽的制服上点缀着漂亮的银色装饰。马车顶上的乐队成员衣着相仿，只是头上戴着稀奇古怪的银色高帽。

这一次，她都不用等对方发出邀请，她甚至懒得开口叫停，两三步就赶上了车，然后一下子跳了上去。她坐在乐队后面，一边轻快地晃着双腿，一边向"马上就到"挥手告别。

3

当马车沿着乡间小道一路驶出，正往山路的方向前进时，那个独行者又出现了,她现在手里提着比之前还大的篮子,嘴里哼着自己编的小曲。她没注意到女人正晃着双腿坐在车后。女人一看到她,立刻挺直身板,紧接着,女人想也不想地一把扯开马车的后锁,掀开车门,眼睁睁看着里面的东西滚落出去。行人跳向一边躲闪着,以免被撞到,她的篮子掉了,里面的东西在身边散了一地。女人眯起眼睛,想看看到底是什么掉了出来,可马车走得太快了,她看不清楚。一开始,女人被自己下意识的报复行为震惊了,她用双手捂住了嘴,但片刻后,当她看到行人跌跌撞撞地闪躲,又手忙脚乱地捡东西时,她笑了起来。

车夫和乐手谁都没感觉到马车后多了个女人的重量,也没感觉到马车因为丢了东西而变轻。一路上,她偷听着乐手们热烈的交谈,被这些艺术家的见解、知识和思想深深吸引,就这样,她被越载越高,离山顶越来越近。

暮色降临,一整天的旅程让她十分疲惫,她爬进储藏室,蜷起身子,在马车轻柔的摇摆节奏和萨克斯舒缓的曲调中安然入睡。

她先是被头顶砰砰的响声惊醒,然后一阵恐慌,记不起自己身在何处。她坐起身,打量着眼前这个粉银相间的小储藏室,静下心想了想自己的位置。接着,她突然发觉到,嗒嗒响了一路的马蹄声消失了。马车已经停住,随着乐手们一步一步走下,车身在她的头顶轻轻地摇晃起来。她感觉自己马上就要暴露了,对方很快会因为睡袋和装备的丢失而愤怒。过了会儿,她偷偷摸摸地爬到车门口,慢慢推开门。外面已经黑了,乐手和马车夫都没在马车上,他们远远地聚在一起商量在哪儿扎营过夜。

她溜出来，蹑手蹑脚地朝反方向走去，身形在夜色中慢慢消失了。这是一个静谧的夜晚，香气盈盈薄薄地钻入鼻孔，温和惬意，天空干净如洗，星星低得仿佛踮起脚尖就能触到。她裹了裹身上的羊绒小开衫，感觉舒适而满足，即使乐队现在注意到车上的东西不见了，她也已经走远了。她感觉山顶已经近在咫尺了；她处在一个全新的海拔高度，空气更加稀薄，呼吸也更费力一点；她能望见远处村庄的灯火在月光下闪烁。离开马车走了一小段之后，她又穿过乡村，踏上了通向山顶小镇的道路。

去小镇的途中，一位村民发现了她，随即开始呼唤大伙。一群亲切友好的村民兴奋地拥上来，热情地欢迎她，带着她向镇中心走去，山顶镇长在那里迎接着她。

"恭喜你，"镇长对她表示欢迎，问道，"要不要来揭幕纪念啊？"

她看了眼标牌，上面本来应该被绒布盖着，但现在已经被拉开了。

"哎，"镇长迅速拉上绒布，"有人先你一步到了。"

女人一听这话，感觉有点泄气，她扯了扯绳子，小小的绒布展开，露出一排字：最高峰。她感觉有股高兴的热泪从眼里涌出，她成功抵达了，但她已经累得身心俱疲了。

"我们身边围绕着一群非常优秀的人，每一个都才华横溢、知识渊博，在自己专注的领域首屈一指。"镇长解释着，"我们满怀期待，想见证一下你的劳动成果，更想知道是什么力量促使你一步一步来到我们这个最高点。我跟每个新抵达的成员都会说，这一路走来无疑充满了艰辛，如果停留在这里，你就会保持在这样一个高峰状态，不会改变。"他压低声音，严肃地看着她说,"但不得不说,如果始终跟我们一起身处最高层,那么你的视野可能也会冻结在这样的状态中,这样的高度其实有一个你看不到的悬顶之剑,它存在的意义是告诉你要保留一丝危机感;围绕在我们身边的人大多拥有一定的天赋,但不幸的是,懒惰会夺走这份天赋,会促使这些人开始从顶峰堕落,接着,"他转身指着远处的一个黑色的金属门,那扇门通向了一道曲曲折折的小路,"开始在蹉跎中螺旋式地退步而不自知,对我们而言,跟这样的朋友告别总是让我们很难过,但我相信你不会走这样的路,因为你是一个不懈努力的人。"

4

很快,人群纷纷散开,回到各自的家或工作地点。大家都在思考,到底是什么力量促使自己来到这个最高层。女人的内心始终不能平静,她觉得哪里不太对劲,甚至觉得身在此处有些格格不入;但有一点让她很高兴,那就是处在这个位置可以俯视身下所有的人和风景。过去了这么久,她忽然想起了被她丢在半路的汽车和她因为焦虑而一路催促马车急急前行所造成的种种安全隐患。她不需要担心这些了,没有回头路让她再经历一遍同样的事情。她不会再遇到那个相同的行人,那个让她在上山路上想方设法去超车、耍花招、使绊子、无视对方遇到的困难的对象了。

当她正回忆着一路走来的点点滴滴时,她的目光落在了视线不远处的三个篮子上。她顺着篮子看过去,发现那位孤独的行人就在眼前,她就在最高点的对侧,正用心感受着眼前的宏伟景色,身后是她一路走来的足迹。她的衣服划破了,整个人显得灰扑扑的;她有点喘不上气,还出了一身汗,但脸上仍然挂着一丝微笑。女人气得大喊一声,她不愿相信这个一路独行的女人在遇到这么多障碍,又一直拒绝她帮助的前提下,竟比她先一步抵达了最高点。

"哦,又见面了,"行人开口了,尽管自上次见面之后,她的眼神变得有些冷漠、笃定和谨慎,但仍保持着礼貌,"这里真是美极了,对吧?"

女人被行人激怒了,她控制不住自己的情绪:"你计划留在这里吗?"

"我不知道,"行人一边回答,一边看向远方,"看情况吧。"

这种模棱两可又带着疏离感的回答,让她有点抓狂。她控制不住这种难以解释的情绪:"你难道就没有任何下一步的打算吗?"

这位独行的女人用笃定的眼神注视着她,看得她有点不安。行人身上那种模棱两可的感觉忽然消失了。

"或许,你和我现在都来到了同样的位置,但我们的本质不一样。我不是为了过来而过来。"行人回答,"我只是很享受自己脚下的每一步,每一步我都全情投入,它很自然地带着我来到了此地。而你,换句话说,你除了达成身在此处的计划,没有做任何特别的事。现在,我虽然人在此处,但我还能继续探索下一步的路。现在你也在此处,你打算做什么呢?"

这个一路独行的人,甚至没有等待女人的答案,便迈开脚步,继续向前走了。此刻的山顶,只剩下女人还留在原地。女人忽然感到一阵刺痛袭来,又很快消失,她抬起下巴,可身边的空气太稀薄了,她无法畅快地呼吸。

绽开了笑容的女人

1

她在去工作的路上。现在是早上七点——还很早，但她喜欢早早开启一天的感觉。她喜欢自己的工作。她的心情很好，不过她并没有通过满面笑容的方式来表达。毕竟，有时候，面无笑容是很平常的事。

"成人往返票，谢谢。"她一边说，一边把钱顺着玻璃隔板下的缝隙推到售票员面前。

他抬头看了她一眼，笑着说："高兴一点，亲爱的。"他一边说，一边把钱接过去。

"您说什么？"

"高兴点！"他大笑起来，"不至于那么糟糕的。"

她四下看了看，想确认他是不是在和她说话。她身后的男人戴着耳机，正盯着他的钱包看，不过，他脸上也没有什么笑容。

"呃……行吧。"她感觉一头雾水，忍不住皱了皱眉。接着她让表情恢复如常，接过车票走到一边，观察着身后那个面无笑容的男人。他把钱放在柜台上后，售票员没有对他说任何话，他们俩一手交钱，一手交票，没人要求他应该管一管他那张毫无笑容的脸。

2

她站在月台上等车,一想到要如何控制自己的面部表情这件事,她就觉得有点茫然;而且,被一双眼睛如此密切地观察着,被一个陌生人毫不掩饰地指导着自己的行为,她感觉心里发毛。她并没有不开心,可为什么一个陌生人会要求她微笑呢?她盯着火车站窗户上映出的自己的那张脸,然后开始全方位地自我剖析起来。没什么,她看起来并不难过,她看着一脸正常,和一起在月台上等车的男男女女没有任何分别。

下了火车,她走进与办公室顺路的一家商店,准备买一块巧克力当午餐。她脑子里还在想着今天受到的特殊待遇。

"笑一笑,甜心,没准儿它永远都不会发生。"店主冲她眨了眨眼。

她又愣住了:"您说什么?"

"说不定它永远都不会发生的!"他轻笑着重复了一遍。

"说不定什么永远不会发生?"

"啊,看你的表情随便说说而已!"他点了一下头。

"我并没有不高兴。"她有些迷惑地回答他。

"好好好,"他两手摊开,"随你怎么说咯。"他朝她身后的顾客扬了扬下巴,跟她就此打住。似曾相识的一幕再次上演,她又站在旁边,研究着下一位顾客。一个上了年纪的男人,他也没有笑,他们之间一句话都没说,他付钱后拿了报纸就离开了,整个过程干脆利落、一气呵成。男人并没有在商店被一个陌生人架住,然后身不由己地对着他自己或者他的表情展开一场剖析。

"我能帮你什么吗?"店主注意到她的凝视,开口问她。

"为什么您没有告诉他要高兴一点?"

"谁?"

"他。"

他看了看门口,眉头紧皱,好像她精神不太正常:"你看,一个像你这样的漂亮女孩不应该看起来这么……"他做了一个卡通人物气鼓鼓的表情。

"但我刚才并没有露出这样的表情。"她说。

"有,你刚才有的,我看到了。"

"而且,我漂亮碍着你了吗?"

"碍着我?"他脸色一僵,"跟我有什么关系。"

"你这么喜欢要求陌生人微笑吗?"她问。

"啊,爱谁谁吧,"他不喜欢她这种态度,对着门口扬扬头示意她离开,"咱们就此打住。"

她气鼓鼓地走出了商店。

3

第二天,她再次来到火车站,付钱买票,售票员抬头看着她。

她戴上一套喜剧演员用的大眼镜和小胡子道具,然后嘴里叼住一支派对吹吹卷小喇叭[1],鼓起腮帮子狠狠吹了一口,喇叭立刻尖叫起来,锡箔纸伸得老长,像蜥蜴吐舌头似的,啪地一下撞在玻璃上,然后从喇叭上掉了下来。她十指摊开,掌心对

---

[1] party blower,一种带着锡箔纸管的小喇叭,通常压平并卷成圈状,吹起时锡箔纸会展开伸长。

着他,摆出了一个幸灾乐祸的手势。

他朝椅子背后一靠,两手抄在胸前,面无表情地看着她。

再次来到商店,她如常排着队,轮到她买单时,店主认出了她的脸。

她拿起一支大红色口红,不紧不慢地在脸上画了一个巨大又潦草的小丑微笑,直接延伸到两颊的酒窝上。她给自己安上一个红亮亮的小丑鼻子,然后按下音乐播放器,马戏团的背景声立刻响起。她随即跟上这滑稽的音乐,在他的店里开始手舞足蹈。他和顾客们就那么眼睁睁地看着。她还拿起三只橙子当场耍起了杂耍。

最后,她用了一句"嗒——嗒!"作为表演的谢幕语。

场面一度沉默。

"这下,你感觉好多了吧?我现在是不是更漂亮了?"她气喘吁吁地问道。

店主的脸上没有任何笑容。

但她脸上有。

总觉得邻家芳草更绿的女人

1

七月的清晨有些闷热,小山坡下的一座房子里,女人正站在自家窗前。从这个位置望出去,可以尽览那条闪闪发光的大裂谷河,它正湍急地穿过金雀花山脉低矮的丘陵,向前奔流。这条山脉之所以得名金雀花,是因为黄澄澄的金雀花盛放时,所见之处皆是一片灿烂。美丽的风景之外,还有灌木丛里密密生长、帮助花朵抵抗严冬的荆棘和松木。不过,花朵散发出的宜人椰香,完全可以将多刺带来的不悦一扫而空。她捧着一杯温热的咖啡,愉快地舒出一口气,心满意足。接着,她瞥了一眼河流正对岸的山坡,那间小屋跃入视线,她立马感觉整个身体僵住,胸前收紧。就是这间小屋,总是败坏她的兴致,这才是长在山里用来硌硬人的一根大刺。

她的身后,家人们正一边享用燕麦粥,一边伴着晨光兴致勃勃地聊起周末安排。她没有参与讨论,转身去了旁边的窗台,拿起香草盆栽一侧摆放的双筒望远镜。当她将望远镜举在眼前时,迷迭香的香气正飘进她的鼻孔。她很清楚,她需要闻一闻这样的气味,让自己先放松下来,然后好好领略一下邻居家的风采。

"能不这样吗?"看到她的行为,丈夫托尼的语气紧张起来。

"她已经在这么干了。"女儿蒂娜接着说。

"呃,哦。"儿子泰瑞一边说,一边见怪不怪地举起燕麦盒子,挡住自己的脸。

女人目不转睛地盯着对面的小屋,叹了口气。托尼囫囵地塞了一口培根,一脸戏谑的表情。

"这次是什么情况?"他咧嘴一笑,将培根嚼得嘎嘎作响,"窗台换了一排新绿植?还是人家的苹果树长得比你的高了?"

孩子们哈哈大笑。

"人家没种苹果树。"她嘟囔了一句。

"哦,好吧,那我们就赢了。"他调侃着。

"我们也没有苹果树。"她说。

"那我们应该买一棵。"他接话接得十分自然。

"他有一辆新车了。"她说。

他嚼着培根的嘴不动了,他站起身,从她手里夺过望远镜。这下,轮到他被孩子们嘲笑了。他贴在镜头前,一言不发。

"这混蛋命真好。"他最终吐出一句话。

"他们怎么买得起这辆车呢?"女人问,"你得跟我发誓,这家人是住在好莱坞山,而不是什么偏僻角落的小破房子里。"

"喵呜。"蒂娜打趣了一声。

"他升职了,"泰瑞的两只眼睛从燕麦盒上方悄悄地露出来,"我昨天听说的。"

大家都闭上了嘴,气氛一度凝重。托尼工作上最大的痛点就是他十五年来都在同一个职位上原地不动,没有获得过任何晋升。好像周围的每个人都在加速,在他身边你追我赶,将他远远甩在后面。虽然他的工作态度不算精益求精,但也不至于得过且过。他认为自己在这个岗位上付出了这么多年,升职是理所当然的事,没必要为这个事去争去抢。

"我才不在乎。"他嘴里这么说,但没人相信他。他把望远镜还给妻子。

女人继续窥视着裂谷对面那间小屋。

"我觉得人家正在扩建房子。"她突然说。

"你是怎么生出这种想法的?"托尼现在火气上来了。

"我能看到一些建筑工人。"

"我看看。"他拿过她手里的望远镜。

他观察了一下:"那是鲍勃·桑德森,他的收费高得吓人,但质量估计够呛,一场暴风就能刮塌。"

"那你不该前去提醒一下吗?"她假装关心地询问,内心却在为邻居可能遭遇的任何不测而窃喜。

女人和托尼看了看对方,面露遗憾。

"人家怎么过自己的日子,咱们谁也管不了。"他一边回答,一边坐回桌子旁。

所有人又开始默默地吃早餐。托尼打开报纸,孩子们无聊地翻着手机。

女人又朝窗户望去,尽管从这个角度看不到那间小屋,但她还可以在脑海中想象,想象小屋里的各种画面:肯定处处透着优越感,那位女主人天天把她的画架和画布摆在外面,肯定是在附庸风雅。

"杰克成功加入游泳队了。"蒂娜盯着手机屏幕对哥哥说。

女人甩给女儿一个恼怒的眼神。

泰瑞叹了口气说:"我知道啊,我当时也在场,你忘了?"他现在一点胃口也没有,勺子在燕麦粥里搅来搅去,他的眼前又出现了一群人挤在公告栏前看入选名单的画面,当时他的心碎了一地。"我估计,他现在正穿着大红色泳裤在花园里跑来跑去,就为了在我面前显摆,惹我生气。"

"那我倒想看看。"蒂娜把碗放到水槽边。她按捺不住,端起了望远镜。

"他是不是真穿着泳裤呢?"泰瑞坐起身问。

"怎么回事,怎么雅各布·科瓦尔斯基的车停在莎莉的车道上?"她尖叫一声,吓得阳光下睡懒觉的猫瞬间飞了起来。

"蒂娜!"托尼吼道,"你怎么回事?"

"对不起。"她咕哝一声,将望远镜摔在窗台上。

"她很迷恋雅各布。"女人平静地说。

托尼先是感到意外,接着很愤怒,他让自己先冷静片刻,然后准备管教一下春心荡漾的女儿。

"我敢肯定雅各布这家伙是个烂人。"他终于开口了。

"他不是。"

"大家早上好啊。"女人的妈妈,塔比莎穿着睡裙走进了厨房。

"早,塔比奶奶。"蒂娜上前抱住她。

"她总算起床了,再不起来我们就要给殡仪馆打电话了。"托尼说完,女人翻了个白眼。

"我六点就醒了,我只是在闭目养神。"塔比奶奶有点生气,"我今天打算把花园里的活儿干完,亲爱的,你觉得怎么样?那块玫瑰田我得去看看。"

"你不是周一就已经看过了。"

"还需要完善一下。"她环顾餐桌，眼前是一张张苦大仇深的脸。"你们今早这都是怎么啦？"她刚一问完，怨声四起，她疑惑地眯起了眼，接着转头看向厨房的窗户。她的目光落在了那只双筒望远镜上，果不其然，跟她想的一样。"说真的，你们消停点吧，不要再干这种无聊的事情了。"她扭头对她女儿说，"看看你带的好头！这种偷窥行径简直可笑！它只能让你们所有人都难受、对眼前的东西不加珍惜，除此之外毫无意义。"

"这不是偷窥。"女人给自己辩解，她十分别扭地在座位上挪着身子，"总之，不去看是不可能的，对面的人总是把他们的生活在我们面前摊开，时时刻刻晃给我们看，我们能怎么办？"

塔比奶奶皱了皱眉，对面的邻居哪有那么卖力，人家住在另一座山的一个小角落，和这边还隔了一条河呢。

"你们都需要记着你们是多么幸运，你们拥有彼此，拥有这个美好的家。你们应该珍惜自己手中的那份幸福，不要把自己的日子跟别人的比来比去了，尤其是对面那家人。这太离谱了，它在让你们不断内耗，腐蚀你们的内心，还会让你们吵来吵去，整日都焦躁不安。"

大家都不好意思地低下了头。

"把我的话当回事吧，没准儿对方也在往这边看，心里想着跟你们一模一样的事情。草总是人家的更绿。"她说着走向茶壶。

"可是人家的草看起来就是更绿啊。"蒂娜噘着嘴说。

塔比奶奶大笑："这只是一种比喻，宝贝。"

"我是说真的。你们都没人注意过吗？"蒂娜看着所有人的眼睛说，"人家的草确实更绿一点。"

大家全体起立，急匆匆地冲向窗前，连塔比奶奶也去了。她以前从未留意过的景象此刻却如此显眼。所有人都发现，就算不用望远镜，也能看出小屋周边的几亩草地确实比山上其他地方的草地都要绿得多。

所有人都聚集在室外的花园。

"可能是我们这边光照更强，"托尼抬起头，眯着眼开始研究光线，"我们的草都被太阳晒焦了。"

"太阳都是从东边升起，西边落下，我们接收到的阳光一样多。"塔比奶奶厉声打断托尼的话，她从来没有用过这样的语气，"我每天都来花园，悉心照料植物们。我每周都在浇灌它们，对面的草不可能更绿，绝对不可能！"她的音量抬高了。

大家开始没完没了地争吵起来，各执一词，最后不欢而散。整场争吵充斥着怒气、嫉妒和愤恨，充斥着跟他人的盲目比较，比到跟全世界为敌，细数着别人拥有的东西怎么自己没有。

2

大裂谷对面，女人注意到那家人全都走出房子站在外面的草地上。就算相隔这么远，她也能听得清争吵的声音，风会把那些尖锐难听的句子吹到她耳边。

当她发现对面那家人正朝着自己的方向张望时，她立刻猫着身子躲进了金雀花丛，对面是一张张拧巴的苦瓜脸，有的手叉腰，有的举起手挡在眼睛上面。她觉得自己就像一个正在玩捉迷藏的小孩子，她的胸口起起伏伏，心脏紧张地怦怦乱跳。她差点忍不住笑出声，于是赶紧用戴着手套的手捂上嘴巴，她知道对方不可能隔着这么远的距离听到她的声音，但她还是不放心。

从她和家人整修了荒废已久的小屋并搬进来住的那一天起，她就能看到对面的邻居将脸贴在窗户上，把一副双筒望远镜举在眼前。这件事是她和丈夫用望远镜观察四周的壮丽景色时发现的，而她和丈夫都很清楚，整个施工过程都在对方的监视之中，就连正式搬进来的那一天也没有消停过。

那天之后的每一个早晨，她都能感觉到从对面房子里投过来的一道道目光，这导致她住进新家后很长一段时间里都感觉不太自在。可是，生活中还有很多更重要的事等着她操心：她和丈夫用来改造这座废宅投入的一大笔钱；儿子有慢性哮喘，而克服的办法就是游泳；女儿和初恋分手了，伤心欲绝，她每晚睡前都能听到女儿的哭泣声，直到最近的一个早晨她遇到了那个迷人的男孩——雅各布；还有，老公最近也升职了，但跟预想中不一样的是，他不在家的时间也越来越长了，山里只剩下她孤零零一个人。升职之后，老公已经精疲力尽了，好在他能够从中获利，而她也能把更多的时间花在她的绘画上。但她的画在这个地方更难卖，而且那天早上，有一半画作毁在了工人检修过的漏水浴室里。假期时，她借了姐姐的小汽车外出，只有在这种时候，她才感觉没那么落寞无助，她才感觉自己的脚步可以顺应一下自己的心意。

绘画总是可以帮她逃离现实。在一个早晨，她正在花园里画画时，一抬头就被绿油油的草坪上那些大片大片黄澄澄的金雀花迷住了，明艳的色彩碰撞让她脑子里有了一个突破性的想法。她厌倦了一天到晚盯着她看的邻居，厌倦了那些针对她和她家人的充满审视的目光；她对邻居那不可理喻的嫉妒心和没完没了地拿自己的生活和她的生活做比较的行为感到震惊。因此，她展开行动，开始表达自己的想法。

她背了一个沉沉的大背包，压得腰都直不起来了。她又戴上一个口罩、一副游泳眼镜和一双厚厚的手套，还穿了一身防护服，这样一来，就算邻居一家全体站在自家草坪前，看着她暴露在灌木丛外，也认不出她到底是谁。她和早起的鸟儿同时起床，整个早晨，她都在家附近的土地上散步，穿着两层外套淡定从容地给土壤浇水。当家人都回来时，她没必要对家人撒任何谎，她确实一直在画画，只不过并非大家习以为常的布面油画。制作一种健康的绿色颜料只需要镁盐[1]、肥料、绿色食用色素、水和一根喷杆。

她热爱她的生活，她想尽一切办法来解决她的问题，并用心经营着她的幸福。她不在乎邻居家墙后面发生的事情，不过，她确实享受过这场游戏带来的快感。她不管邻居怎么看待她，她的举动、她说的话、她泰然自若的那副样子，始终会让裂谷这面的她的这片草地更绿。

1　油画中的矿物质，有时会用来增色或催干。

解体的女人

1

她就是在那样的状态下起床的——依然半梦半醒,整个身体晃来晃去,需要扶住床头柜才能站直。她的手指卡在了柜子角,把皮肤蹭破了。这一下,她有点清醒了,但脑子里的各种想法搞得她手忙脚乱;她离开自己的房间,先是去了浴室,又走向衣柜,再来到孩子们的卧室;接着,她走下楼梯,来到厨房,开始忙得团团转,又是做早餐,又是做带去学校的午餐;为了翻找食材、取放物品,她把冰箱门开了又关,关了又开,来来回回三十五次;楼上的抽屉、橱柜、书包都要检查一遍;然后她下楼,检查了一遍儿童衣橱;外套、包、发型、除虫剂、钥匙,一切到位,可以出门了。这时,儿子一动不动地站在走廊,像一具木头人似的呆呆地盯着她,她终于停下了手中的动作。

"怎么了,宝贝?"她问。

"妈妈,你的一只胳膊没了。"

这是真的,她的右胳膊不见了。她左手拿着钥匙,开始仔细回忆它是什么时候没了的。她在想,从早起睁眼做家务到现在,这么长的时间里她怎么都没意识到她的一只胳膊已经没了。有一根长长的皮肤质感的细线从她的一侧肩膀里伸出,在楼上楼下的各个房间中穿插而过。她的儿子像玩游戏一样,在地上跑来跑去地捡着。皮肤在他的怀里重新粘连起来,他抱着这条胳膊,几乎整个身子都被它挡住了;当她从他的怀里拿回胳膊时,只能看到他那两只棕色大眼睛在后面忽闪忽闪地眨动,上面挂着长颈鹿般的睫毛。

"谢谢你,亲爱的。"

"我们要怎么办呢?"他问。

"我们没时间管它了,你上学就要迟到了,我也得去工作。我之后再处理一下吧。"她找了一个大一点的外套,把右臂的皮肤胡乱地塞进了袖管。

"你好像一个稻草人呀。"她的儿子一边咯咯地笑,一边帮她把袖管扯松了一点,让它看起来不至于太奇怪。

但是,当她把孩子送到学校,再马不停蹄地赶去上班时,她已经完全忘记自己掉了一只胳膊的事。她把外套挂在那个复古衣帽钩上,跟她老板落满头屑的蜡质夹克错开,然后把细面条一样的手臂卷了起来,一股脑地塞进她的毛衣,接着在办公桌前坐下并打开电脑。她就这样用一只手干起活来,中途,她去会议室开了个早会,除此之外,她仿佛整个人都钉在了办公桌前。上午十一点,当她停下来喝了杯咖啡后又抽起一根烟时,她感觉到旁边有个男人在盯着她看,他用两瓣肥厚的嘴唇衔着一根正燃着的香烟。

"你好。"她友善地笑了笑。

"你还好吗?你好像……缺了一块肢体。"

"哦这个啊,是。我的手指撞在床头柜的角上了,没什么大事,我等会儿再检查一下。"她迅速抽完最后一口烟,准备踩灭它。但情况变得有点棘手,她的右腿已经悄无声息地分解了，现在她只剩一条左腿，只能一跳一跳地把烟踩灭。她很想知道，这种分解怎么会一路蔓延到了右脚上。她回到大楼，一步一步跳上楼梯，最后找到了问题的根源：早上开会时，她在会议室的座位上卡了一下。现在，她用尚且完好的左胳膊夹住被捆在一起的右胳膊和右腿，就这样，她跳回办公桌前，坐下来，开始思考。

当你变成一个开始解体的女人，你可能会陷入一种混乱而费解的状态。她的身体绕着自己变成了一条一条碎物，但她在思考时，脑中的脉络却十分清晰。实际上，是更清晰了。就好像她被解体的同时也在被构造，因为她瞬间明白了自己到底想要什么。她不能再以这样凌乱离散的状态坐在办公桌前了，那样没有任何实质意义，还很可能缺乏职场气质。她抓起包和外套，草草地裹住乱七八糟的身体，一言不发地跳进了电梯。

2

她给大姐达莉亚打了电话，跟她说明了全部情况。达莉亚紧接着告诉了她们的小妹卡米拉，人多一点，就更安心一点。当她把车停在达莉亚的家门口，她看到卡米拉一个人站在外面。

卡米拉打开车门，上下打量着她："我的天，这是怎么回事？"

"我的一只胳膊不见了，然后我才想起之前手指被床头柜卡住过，可能就是这个小意外导致的。"

卡米拉的表情变得严肃。这时，解体的女人才发现妹妹的脑袋少了一块，她的前额上有一个不起眼的小洞，形状像一块拼图。这个洞是空心的，也就是说，女人可以直接透过这个洞看到后面的绣球花丛，就像有个钥匙孔长在了卡米拉的头上。

"你还好吗？你的头上有一个拼图形状的洞。"

"我刚丢了一块。"

"以前还发生过这种事？"

她开口问的同时，另一块拼图形状的碎片从卡米拉的胸口掉了下来，这次的洞离她的心脏很近，让她身后的绣球花丛显眼了很多。她弯下腰把它捡了起来，放回口袋。

"我很好，"她满不在乎地说，"但她不好。"

卡米拉低头看向地面，这时，解体的女人才发现身边有一坨糊在地上的软塌塌的东西，上面还粘着一双漂亮的鞋子和一个手提包。

"达莉亚融化了。"卡米拉解释说。

"又这样了？"

她们好奇又关切地盯着软塌塌的大姐。

"抱歉，姑娘们。"软泥开口了。

"我应该可以把她铲起来带着。"

"对，咱们不能把她留在这儿。后备厢有孩子们的小水桶和小铲子，你可以拿来用。"

卡米拉绕到车后去取水桶和铲子，与此同时，解体的女人则一直将目光投在姐姐这团黏糊糊的、软蜡质地的浆体上。过了一会儿，她们都上了车。

"抱歉，姑娘们，"后座的水桶中传出达莉亚的声音，"这跟我以前那些日子遇到的情况一样，我的大脑是不会停止运转的。"

"不必说抱歉，"解体的女人一边开车一边说，"我就不该给你打这个电话，害你担心我，我知道你手头也有很多事。"

"只要你需要我，就随时给我打电话，我更情愿待在这里。"达莉亚说。

前排的两个妹妹没忍住，笑出了声。

"是是是，但准确地说，不是这个水桶里。"达莉亚跟着她俩一起笑了。

3

她们去了乡下一家安静惬意的小酒馆，找了一个小包间围着火炉坐下。火炉里的木柴正噼噼啪啪地吐着火苗，带来一阵阵暖意。

"糟糕。"一块拼图大小的碎片从卡米拉手上脱落，掉进了她的金汤力酒中。她把它捞了起来，放进口袋。

"你现在感觉怎么样，达莉亚？"女人朝水桶探着头问。

"感觉好多了，真的。我觉得你们应该把我从桶里取出来，我感觉我这会儿结实多了，也稳当多了，我不想挤在这么小的地方了。"

她们俩小心地把达莉亚从桶里托出来，放在高脚凳上。

"我现在不太好，是吗？"软泥问。

"你现在看起来是最好的状态。"卡米拉说着，头上又剥离出一块碎片，掉进了她姐姐的软泥里。

"哎哟。"

"抱歉。"

女人又一次注视着她把掉下的那块小碎片塞回口袋。

卡米拉端起酒杯,抿了一口,努力维持着自己的体面:"杜松子酒从来就该在午餐时间享用。"她一边说,一边闭目养神。

"如果有人看见我在午餐时间喝酒……"女人身体一颤,四下望了望这个安静的小酒馆,庆幸她的同事没有一个人知道她去了哪里。

"我觉得那些人关心的重点并不是喝没喝酒。"达莉亚说。

"我们真的需要休息一下,"女人说,"我们得听身体的话。它在告诉我们,该停一下了。"

"它们确实在跟我们说话,在表达一些东西。"达莉亚喃喃自语。

"可不可以帮我穿一下外套,我担心我的左胳膊现在有点松动了。"女人向卡米拉求助,她现在只有脑袋、躯干和左腿是确定完好无损的。

"以前有这么严重吗?"卡米拉一边问,一边取来外套,在姐姐凌乱不堪的身上比比画画。她现在看起来就像一个毛线球,密密麻麻的线全都缠在一起,很难理清头尾。

"从来没有这么严重过。以前发生过几次,但程度都比较轻,而且都可控。我想这次确实需要认真对待了。"

"这就是我们在这里的意义。"达莉亚话音刚落,忽然变回了原本的面貌,跟她们坐在一起。

她们欢呼着,拥抱着,庆祝她的归来。

"对了,你头发里还有沙子呢。"女人笑着,用尚未分解的左手将沙尘拂了下来。

"我还有一股腥味呢。"达莉亚朝空气中闻了闻,然后伸手去掏包里的香水。

"抱歉，我们之前在海滩上抓螃蟹来着。另外，以防万一，我是不是每次出门的时候都应该给你带个容器？我们或许都应该这样。"

"会不会是她应该主动避免被装在容器里才对。"卡米拉提议。

"怎么不说说你呢，一个会走路的大拼图！"达莉亚立马呛回去。

4

卡米拉和达莉亚停止小打小闹，开始想办法给她们解体的姐妹帮忙。

"不，这一小部分应该在这里，然后，这一小部分在那里。"达莉亚说，"要是你这么做，就把她的大拇指装在胳膊上了。"

"不，不，那是因为她的胳膊肘已经打结了。"卡米拉小心翼翼地捋着一根线，试图找到线头。

"亲爱的，你把自己绑成了一个结。"达莉亚一边温柔地说，一边为她的手指解绑，"我说真的，咱们不能再让它变得这么糟糕了。"

"别说风凉话啊。"

"我知道了，我知道了。"

"那你是什么情况啊？"女人问达莉亚。

"你真的想知道？"她的脸红了，各种事情一股脑地涌了上来，她看起来随时都会炸掉。可是，她还没来得及开口解释自己的苦恼，就又消失不见了。地板上再次出现那坨软塌塌的、烛泪一样的浆体。

"见鬼。"那坨浆体说。

"先冷静一下吧，别那么大火气。"女人说。

"我知道，很抱歉，先等我一分钟吧。"随着一口深呼吸，一整坨达莉亚都在颤动，活像只水母在地上抖来抖去。

卡米拉马上搭了把手，温柔地将姐姐重新拢在一起。

"是疼痛的感觉吗？"卡米拉问女人。

"不，准确地说并不是什么肉体上的疼痛，只是……困惑，茫然，而且心烦意乱。你们两个呢？"

"我是觉得有些燥热。"一坨达莉亚开口说。

女人抬起尚且完好的左手，给软塌塌的姐姐扇风降温。

"啊，感觉真好，谢谢。"

"而你要做的，就是别把这么多东西全积压起来。"卡米拉说着，仔细寻找着线头的位置，然后温柔地将一根根面条状的皮肤裹好。

又一块碎片从卡米拉的身上掉下来，她塞进口袋，女人盯着她。

"你打算怎么处理这些碎片？"女人问。

"我之后就把它们全装回去。"

"我才不信。"达莉亚说。

"我也不信。"女人补了一句。

"别这样啊。"

当女人的胳膊彻底恢复时，她眼疾手快地上前，扯下了卡米拉的袖子。卡米拉的胳膊就像一个大拼图板，一块块褪色的碎片在她浅蓝色的静脉血管中间一路勾勒。有些碎片已经不见了，她可以直接看到她身下的石板地面。

"我的天……"两个姐姐都看到了这一幕。

"把你的口袋翻出来。"达莉亚恢复了原状，开始蠢蠢欲动。她站起身，毫不过问卡米拉的意见，直接翻开她的口袋，一大堆碎片掉了一地。

她俩都倒吸了一口凉气。

"你不是说也就偶尔掉下一两片吗？"达莉亚抬高音量说。

"那你呢，你需要心境平和，别总在地上化成一坨。"卡米拉又呛回去，"你如果总是自己不当心，谁也没法保证每次都会有人把你从地上铲回去。我们到时候就把你丢回那个满是臭鱼味的水桶，你就在里面自生自灭吧，我们才不管你呢。"

女人鼻子里发出一声轻笑，接着，三个人哈哈大笑起来，她们都很高兴彼此还能用调侃的方式来面对眼前的处境。

"我就是感觉……比往常多了那么几分不满足，"卡米拉解释着，"有一点点，空虚。就好像，我正在丢失什么东西一样——我不太能用语言表述清楚。"不过，她已经无法再说话了，她的嘴巴被剥落并掉进了酒杯，把她想说的话也一起带走了。

女人把它捞出来，装回原处。

"看，这种事以前也没发生过。"卡米拉舔着嘴唇，感觉很意外。

"卡米拉，"女人温柔地对她的小妹妹说，"你现在需要好好地爱护自己，当你身上有某一部分被剥离了，你就应该立马把它补上，不要像这样一直攒着。"

"你也是,"达莉亚看着女人说,"当你感觉被什么锐物划破,出现了小口子,你就应该先贴个创可贴上去。"

"至于你,"卡米拉转向达莉亚,"你需要放松一点,别总绷得那么紧。"

"我知道,我知道。"达莉亚点点头。

"把这些碎片装回去比你们想象的时间要长,"卡米拉解释说,"你没办法的,可能你们俩都没办法。我真的在努力了,可是,能有几个人做到日复一日地在每天睡前拾起一地的碎片来回拼接?我只想吃完饭,往床上一躺,倒头就睡。日子不就这样一天天地过吗。"

"你的意思是说,你每天忙着体会这种不满足的感觉,忙到你已经和这种感觉融为一体了?"女人指出来。

"如果你没有把自己的各个部分一直藏在口袋里,你或许会觉得更充盈一些。"达莉亚一边说,一边俯下身,拾起卡米拉掉了一地的碎片,而与此同时,卡米拉依然在温柔地包裹着女人的皮肤。

达莉亚帮着卡米拉,卡米拉又帮着解体的女人,女人注视着姐妹们,心里想,为什么她们没有常常这么做呢。她已经感觉好很多了。

她的脚趾需要点时间才能恢复知觉,它们还很麻木。直到血液开始流动,带来一种针刺感,随后,知觉才一点一点地回到神经当中。她扶着姐妹们的肩膀,在她们的支撑下,推动自己的身体,重新站了起来。她们在小包间里来回慢慢地走,好让她的关节能再次活动;而且,卡米拉很满意自己将所有关键部位准确无误地组合在了一起,她在火炉边坐下,将剩下的治愈工作全部交给暖暖的炉火。

回归原貌之后，女人和达莉亚看着卡米拉。

"怎么?"她一脸警惕地问。

"现在该你了，外衣脱下来，给我们看看你那些缺口。"达莉亚不容分说地开口。

她知道现在跟两个姐姐辩解也是徒劳了，于是脱下外衣，将整个胳膊露出来，等着姐姐们数落她怎么能任其发展到如此境地，但她们并没有这样。

"好啦，"女人说，"游戏规则你都知道，所有碎片都应该正面朝上放在桌子上，我们先从边缘开始，一点一点向中部拼接。"

5

她们又变回了三个小朋友，趴在厨房餐桌旁一起完成拼图游戏。不过这一次，她们想办法拼好的是她们共同的小妹妹。卡米拉的眼睛湿湿的，一滴眼泪滚落，心中满是感激。

"谢谢你们，我好爱你们。"她抽着鼻子哼哼唧唧地说。

"哦，亲爱的!"达莉亚停下给妹妹拭泪的手，"没有你们俩，我也都不知道怎么办才好!"

"来，我们抱一个!"女人说完，三姐妹抱在一起，"庆祝我们相扶相助，一起状态回归。"

"听到啦，都听到啦!"她们彼此紧紧相拥。

挑选樱桃的女人

1

十四岁那年,女人开始在樱桃园工作。她跟两个哥哥大和、悠太共同受雇于这家果园。那是六月到八月末的炎炎夏日,是薰衣草盛开的季节,对兄妹三人来说,这是一段漫长又酷热难耐的时光。果园由千叶一家经营,里面培育了一千五百棵樱桃树,包含三十个品种。园主是一个安静的男人,工作时认真勤勉。他有个吵闹的妻子,最拿手的事就是发号施令。他还有个什么也不会的懒女儿,女人常常发现她要么在树下打着呼噜睡大觉,樱桃汁滴得满脸都是,樱桃篮里却空空如也;要么坐在树下,把樱桃塞满嘴巴。她的日常来来回回就这两件事。

来这里之前,女人从没吃过樱桃。她第一次品尝到樱桃的味道,就是在抵达果园当天。当时,全体樱桃采摘员都被召集至千叶家门廊的台阶前,等着听一堂有关樱桃的课:哪个品种的味道最佳,如何辨别每个品种,如何用正确的手法采摘。大家在园主的指导下,从就近的树上采摘,如果谁犯了错,园主会用皮带抽打那个人的手指。安静的人不一定脾气软。

女人一上来就对此表现出浓厚的兴趣,她想马上了解有关樱桃的一切。她不像两个哥哥用数学思维考虑问题,对她来说,樱桃像是会说话,而且用的是一种她能够理解的语言。乘公交回家的路长达一个小时,走着走着天就黑了,大家都昏昏入睡,而她会拿着各种小册子阅读,了解樱桃的名称,学习如何通过颜色和形状来分辨它们。到了白天,她会亲口品尝以便巩固她的学习成果。她能一眼找出高糖分零酸度的月山锦;她牢记粉色大颗粒的南阳是深受大众喜爱的品种,它拥有教科书级别的完美品质;她也记得红秀峰的外皮上有一层暗暗的斑点,虽然不太好看,但它出众的口味却能弥补这个短板;还有,她虽然最喜欢大将锦那粉色心形的模样,却实在无法喜欢它的味道,由此她得出一个结论:外表和内在很少有必然联系——这可是个很有价值的经验。另外,碰到比较特别的品种时,她会把它们放在一起去记。萨米脱是一种紫色樱桃,而犹达巨人最开始时也是紫色,在成长的过程中却会神神秘秘地变为橙色;红古劳里,尽管它的色调是深红色,但在品类划分上还是被归为一种稀有的黑色樱桃。

日之出也是一种黑色樱桃,富含花青素,对视力很好,还可以缓解视疲劳。她为祖母摘了很多,这虽然给祖母的眼睛带来了益处,却给她的衣服带来了小麻烦,因为溅在上面的汁液完全洗不掉。

渐渐地,她开始将注意力放在花驹这个品种上。它是一种果肉柔软的樱桃,成熟的时候十分高产,但这反过来会导致树木的营养流失,结出来的果子也会过甜。为了树的健康,果农必须对其修剪,但一修剪又会使果子带上浓重强烈的苦味。总之,这其中存在一个复杂的平衡,需要精心护理。

三十种樱桃,一千五百棵树,那个安静的园主不需要一次次地抽打她的手指,因为她学得非常快,这是一个她想要了解的世界。

2

这些樱桃树大多长得很低,树枝会向地面伸去,方便年纪小的、个子矮的工人采摘。她知道她的工作就是从低一点的树枝上摘,但她还是会专门爬到高处。她已经学会了从远处辨认出哪些是最好的口味。

每天,她都会跟哥哥们一起乘公交车去果园,她跟在他俩身后,大多数情况下都是最不起眼的那个。但是,在樱桃园工作了几个月后,她开始对眼前的一切变得挑剔,有一天早上,她拒绝走上那辆停在大家面前的公交车。她想等下一辆,一辆更好的。她坚持着,辩解着,跟所有可能会听取意见的人说这一辆不够好。两个哥哥没有听她的说法,在她的乱踢乱喊下,把她硬拽上了车。刚过十分钟,这辆车就坏在了半路,一车人都被困在原地,迫不得已地坐在火辣辣的太阳下,等待下一班车来接。第二天,哥哥们听了她的话,上了第三辆公交车,却在第一辆到站前就抵达了果园。接下来的一周,公交车站的所有人都愿意听她的话。

3

学习如何评价樱桃逐渐改变了她,并且拓宽了她对生活的看法。她学会了分析、检验和筛查一切口感、气味、触觉、形状和颜色。当地的舞会上,有个男孩邀请她跳舞,她拒绝了。他转头就去邀请她的朋友,但几乎每一步都踩在了那姑娘的脚趾上,晚上结束时,朋友的脚已经被踩到红肿,快要流血了。

而年轻的她最终等来了一个无可挑剔的舞伴,他的舞步相当专业,女人和他共舞了一整夜,却没有如他所愿地亲吻他,因为她知道,现场一定还有更适合接吻的人。她就像那个安静的果园园主,坚持想要最好的,她生活中的方方面面都需要谨慎的判断。她学会了在一切特定的时间内准确无误地评估自己的需求,然后做出选择。是甜还是酸,是接吻还是跳舞,是开开玩笑还是认真交谈,是浅尝辄止还是深入了解,是谨慎小心还是肆意放纵。她永远是对的,永远不会出错。

她一直在观察安静的园主如何工作,但很快,园主也开始观察她,并从她身上学习。大家都学着跟随这个女人,让她来担任引导他人的角色。

在她的帮助下,果园进步了。千叶家又买了新地,园子被扩建到四万七千平方码[1],并且安装了挡雨棚。千叶一家开始了铆足干劲的日子。在她的鼓励下,喋喋不休的妻子和好吃懒做的女儿开始做起副业,她们制作好樱桃馅饼、樱桃果酱和樱桃醋饮,一部分拿来供工人们休息时享用,一部分拿来售卖。安静的园主因为他的果园获了奖,吵闹的妻子买到了昂贵的裙子,懒惰的女儿得到了一辆汽车。

四年后,女人走进园主的办公室。

他从一堆文件中抬起头,看着她。她放下了篮子。

"千叶先生,我现在该有更高的追求了。"

他是一个郑重严肃的人,一个安安静静的人,也是一个骄傲的人。他没有恳请她留下,反倒多给了她一笔钱。他提出可

---

[1] 约为四万平方米。

以给她绝对无人可及的优厚待遇，但她回绝了。这一刻，他很明白，她内心的路已经非常清晰，他做什么都撼动不了她。当他亲眼见证他的懒女儿有幸被那份大礼选中，他便意识到，这个女人拥有一双训练有素的眼睛，她总能发现更好的东西就在前方，就在那个更高的枝头，而她需要的是向上爬。

4

完成学业后，她搬到了城市，在那里，她选择租下她察看的第五套公寓，与她当面交流过的第七个室友住在一起。她去了一家工厂的生产线，当第一天工作结束后，她被叫到了办公室。

"你没有别人手脚麻利，"她的主管责备她说，"你太慢了，你就只是站在那里，两眼来来回回看着那些成品。我本来想马上就解雇你，但老板坚持再给你一次机会。你要么把握住这最后一次提速的机会，要么就走人！"

"可是，牧野先生，我并没有偷懒。"

"你别在这儿跟我说笑。"他不屑一顾地朝她摆摆手。

"我在挑选。"她解释说，"我敢肯定，以前过检的很多产品其实都存在瑕疵。"

他冷笑一声，请她离开了。但那天结束之后，让她非常满意的是，自己的话完全在理，从一线主管的表情就能看出来。老板亲临车间监测产品之后，只有她负责的批次没有出现任何瑕疵。

过了一段时间，她看中了一个更有挑战性和吸引力的部门，她离开了生产线，开始从事人力资源工作，为特定的岗位匹配最优秀的员工。因为不放过任何一个细节，又能精准地把握人才特征和岗位需求之间的匹配度，她很受大家的认可。公司整体更上了一层楼，员工在各自合适的岗位上发光发热，整个团队焕然一新，活力四射，激情满满。她是每个人走向成功的奥秘。

在与她约会的第三个男人第二次向她求婚的时候，她同意了与他结婚。接着，两个人买下了她亲自察看的第六套房子。在她的三个孩子来到世界上的第一秒，她的爱就满满地溢了出来。

当她生病后，她信不过为她诊断的两位医生，她不听所有人的劝，前去征求第三位医生的意见，而这位医生开始按癌症的方案给她治疗，最后救了她的命。

为了让人生多一些有趣的体验，她开始接触东京证券交易所。她仔细观察，认真分析，用心筛选。她的表现胜过了所有人，工作机会接踵而至。从股票交易员到首席风险官，她一路节节高升。但当她感觉眼前一帆风顺的时候，她又想起花驹这种樱桃，想起当时的她是如何赞叹它在复杂棘手的情况下结出了甜美的果子。风雨兼程、历尽失败之后，成功的果实才会更加香甜。最终，她执掌了一家国际投资银行，而因为银行在很大程度上也是政府的金融机构，她又看到了自己从未开发过的长板：她天生就具有政治眼光。

5

她走啊走啊，步履从未停歇。有一天，女人发现自己身处一个盛大的活动现场，脚下就是领奖台：她正在接受表彰，以此来认可她在商业和文化领域所做的贡献。她的眼前是一双双望向她的眼睛，所有人都在等待她发表深刻感言。她构思着要说的话，眼前浮现出两个哥哥和他们的妻子，她年迈的双亲，她自己的子女，还有她的孙辈们。

她想起了十四岁那年，千叶樱桃园那个安静的园主。她想起第一天和各位采摘员聚集在千叶家的门廊下，园主面对大家，手中提着一桶樱桃，准备开始第一项课程：识别樱桃的不同品种。他把樱桃桶高高举起叫大家看，然后，他把目光投向每一个人，确保大家都在听他说话。沉默良久后，他说出了六个让她印象深刻，如影随形般伴随了她一生的字。

她深吸一口气，凑近麦克风，说出了六个字："做正确的选择。"

怒吼的女人

1

她的家在近郊的一个沿海小镇,这里风景如画,居住着一些忙碌的年轻夫妻和退休的老年人。她有两个孩子,并自愿加入家校合作委员会,每一次学校旅行和运动比赛都少不了她的身影;同时,她还自愿担任学校的羽毛球教练。她在自家的花园里开辟了一片生机勃勃的种植区,一到夏日,她就会出售自制的草莓酱,在每只罐子顶上盖一块红白相间的格子棉布,再系一枚白色蝴蝶结。她记得住每个人的名字,孩子的、他们父母的;她永远都是亲子会上的主持人,从未被换过。她值得信赖,性格冷静,有条不紊,人也很好相处。她总是大家的提问对象,永远知道答案。她不喝酒,但在社交场合中一直十分合群;在年终的班级晚餐聚会上,她会在别人呕吐时帮忙将对方的头发拢在身后,而事后对此绝口不提。她从不吸烟。她是优雅和风度的典范;一下起雨,别的妈妈都会睁大双眼看看她是否会被淋湿。

她爱她的丈夫,他也爱她。

不过,她有个秘密。

每一次,当孩子去了学校,丈夫去了公司,而她也做完了手头的杂事时,她便会来到衣橱,从架子上取出一个鞋盒,那里面藏着一个未曾示人的密码锁。

她会在密码锁的面板上输入一串六位数的密码——她双

胞胎姐姐的生日。当然，那也是她的生日，但她在输入的时候，心里想的是她的姐姐。随着咔嗒一声，衣橱墙壁上的鞋架开始向后移去，缓缓地滑到一排裙子的正后方，接着，一个秘密的空间出现了。

眼前是三面浅粉色的丝绒墙壁，还有柔软的粉色长毛绒地毯，她脱下鞋子，走了进去。随着放鞋的墙壁在身后自动闭合，她让双眼慢慢适应着小夜灯散发出的粉色柔光。

她微笑着，周围一切平静。

接着，她张开嘴，放声怒吼。

2

她是一名高等法院的法官，在 1970 年获得执业资格。作为最严苛的法官之一，她的职业生涯漫长而辉煌，整个国家最重大、最棘手的案件都要让她一一过目。看多了各类犯罪手段残忍无情的案件后，她向自己许诺，绝对不会因此变成一只麻木的冷血动物。一天当中的每时每刻，人性中最阴暗的方面都源源不断地侵袭着她的思想，而人性的正直与良善则躲在暗处，偶尔对她闪烁出一点吝啬的光芒。

她有两个孩子，五个孙辈，还有一座海滨度假小屋，每年夏天她都会在那里度过。她还是一个狂热的足球迷，会买票看完每个赛季的所有比赛。她的能力强，为人稳重，充满斯多葛[1]的气质，最重要的是，她公正无私。她因这一特性而闻名，

---

[1] Stoicism，芝诺于公元前300年左右在雅典创立的希腊化哲学流派。如今，该词常常表示"无情绪"状态，它告诫人们摆脱"激情"控制，遵循"理智"指导。但它并非要求人们完全抛弃情绪，相反，它认为人们应当有意转变情绪，将其引向禁欲主义（askēsis）。只有在这种状态下，人才能更理智地做出决断，并保持内在清醒。

获得过各类荣誉，甚至与总统共进过晚餐。

她让大多数与她共事的人感到战战兢兢，她没空去照拂别人的情绪，也没空坐下来和人谈天说地，还有太多的人依靠她的判决来获得公道。那些无罪的人正困在监狱里，一边慢慢腐烂，一边等待着被平反的那一日；那些死于谋杀的人变成了幽灵，在凶手被绳之以法前始终在她的身边暗自围绕。对她来说，实在是没有任何与人闲聊的时间。

她很喜欢赤脚在沙滩上散步。她喷洒香水作为她的盔甲。她的初恋是一位法国的芭蕾舞者，出于某些原因，她从来没有告诉过他这些，并经常怀疑他。她并不热衷于美食，去精致的高级餐厅赴晚宴对她来说是一场无聊又令人厌烦的差事。在她所有的孙辈当中，总是带着一丝狡黠幽默感的孙子是她暗自最喜欢的那一个。

她是一个异常敏感又柔软的人，尽管只有她的丈夫和孙辈们知道这一面。在子女眼中，她是一个很严苛的母亲。

她有一个秘密。

当她从一宗令人发指的案件中暂时脱离，得以回到自己的休息室喘口气时，她把脱下来的黑袍挂在书柜一旁的衣帽架上，然后挪走那些最厚重的法律书籍，此时墙壁上露出了一个未曾示人的密码锁。开锁密码是一个案卷编号，关于一名被丈夫残忍杀死的女人。那起案件深深刺激到了她，让她的心伤痕累累。过去作为一名律师时，她一直没有停止起诉那位丈夫。但她败诉了。正是从那起案件开始，她在内心坚定地告诉自己，永远不能掉入现有法律的某种桎梏当中，她要永远为一种可能性而战。她用案卷编号作为密码，是想以这样的方式告诉那位妻子：生前受尽虐待的你，一定不会因为死亡被就此遗忘。

密码输入之后，书柜缓缓滑开，一个木制装潢的房间出现了。是胡桃木，她的最爱。在胡桃木的保护下，墙壁是隔音的。

书柜门在身后关上，她在黑暗中静静地待了一会儿，直到小夜灯亮起，发着红光。那是代表她胸中怒火的颜色。

她张开嘴。

接着，放声怒吼。

3

她是一名四十四岁的园艺师。她喜欢自己的双手张开按在大地上，像根系在土壤中生长一样的感觉；她喜欢在土地上辛勤地劳作；她喜欢重新整修地块、寻找光照条件、为有个性化需求的人群创建合适的生活空间；她更愿意在雨天进行园艺工作，那样的环境让她感觉与大自然更加亲密。她和朋友住在一个生态住宅[1]，与闹市相隔甚远，这正是这所房子最合她心意的一点。她最近紧张又忙碌，刚刚做完一个市中心顶层公寓天台花园的设计，过程繁杂，而且与她沟通的是一个让她时时想跳楼的业主。

她喜欢甘草糖，还能吃掉海量的鹰嘴豆泥。她五音不全。她会在玩大富翁的过程中跟人产生肢体冲突。她喜欢追着红松

---

[1] 即最大限度地减少能源消耗及对自然的破坏并能摄取能源的住宅，目的是在人、建筑物和自然环境三者之间建立起健康的生态循环，主要特征为舒适、健康、高效和美观。例如：用太阳能发电、供热水、供暖；用雨水槽将雨水引至住宅区中央水面再渗入地下。

鼠跑。她发现国家气象局的广播播音员说话时的语调能够让人放松下来,朋友出差的夜晚,都是这样的播音声陪她入睡。

漫长的一天结束后,她回到了水轮发电机和地热能提供动力的家。大大的落地窗不仅能让她尽情地吸收阳光,还能尽览四周的山景;种在屋顶的植物还能阻止热量流失。这就是她的绿洲,每一片小小的绿洲都是她暂避现实、安置内心的地方,而它们却又与现实如此贴近。

她有一个秘密。

走进种着盆栽的保温棚,来到她准备挪出去的大麻植物区,一只密码锁就藏在它的背面。她把一盆盆大麻挪到一边,对着空架子输入密码——这是她打算向朋友求婚的日期,而因为担心被拒绝,这个密码已经改了三次。

随着咔嗒一声,她的眼前出现了一个小小的房间:隔音墙和地板上长满绿草。她一走进去,空架子门就在她身后自动关上了。小夜灯在房间里发出绿莹莹的暖光。

她跪在地上,紧闭双眼,握住拳头。

接着,放声怒吼。

4

她是一名教师,给十六岁的学生教地理。她热爱她的工作,也喜欢她大部分的学生。她有一个男朋友,他和前妻育有两个孩子,而他的前妻在脸书上用一个昵称十分好笑的账号偷偷关注着她。她的父亲患有帕金森病。她的母亲收藏了一个陶瓷铃铛。她的爱好是去参加喜剧节。她喜欢放声大笑,喜欢和快乐的人待在一起。她喜欢有鲜明个性的学生,就算有些孩子调皮捣蛋，扰乱课堂，她也不会责怪。当她放声大笑，所有人都听得到，都知道那是她。她的笑声很大，也很真实，是从她的小腹深处传来的。她是一个有趣的人，她自己也知道这一点。她可以简简单单地吃着一份牛肉千层面来度过余生的每一天。

她有一个秘密。

孩子们午休的时候，她会关上教室的门，来到一面墙前。那上面挂着一幅巨大的世界地图，她揭开博茨瓦纳[1]——她祖父母出生的地方，接着，一个密码锁露了出来。她输入密码——博茨瓦纳的地理坐标。随着世界地图上传来咔嗒一声，墙壁顺势向前推进一英寸，接着向左滑动，一个小小的房间映入眼帘。

墙上贴着软木板，木板上钉着很多地图。它们意味着生命中还有更多可能，远不止眼前这个房间、这所学校、这个州、这个国家、这块大陆。就是这样的思想一直支撑着她。软木板的下面是一层隔音材料。

她等着这面挂着地图的墙壁在她身后关上。房间里闪烁着暖橙色的光芒。

她深深吸了一口气。

接着，放声怒吼。

5

她在一家五星级豪华酒店从事客房服务工作。她的上司有

---

[1] 全称博茨瓦纳共和国（Lefatshe la Botswana），非洲南部的内陆国家。

口臭。她家里有一个九个月大的小女婴，由女婴的奶奶照顾。她的妈妈一天到晚都喝得醉醺醺的，但却是她认识的人当中最有趣的一个，总能让她笑到最大声。刚从学校毕业，她喜欢工作带来的自由，喜欢可以为自己做点什么的感觉。她也喜欢回到家中，喜欢看到女儿脸上鲜花一样灿烂的笑容，还有向她伸来的两只胖乎乎的小手。

有个男孩子在公寓对面的肉铺工作，她一直忍不住想他。她可以从卧室的窗户看到他。每一次想起他，她的脸上都会泛起抹不掉的傻笑。她的宝贝女儿看到他时，也会表现出和她一样的反应。这是一个明确的信号。这个月，她吃的肉比以前都要多。

这一层还有三个房间需要她来清洁，之后就可以下班了。有时候，她会把客人留下的巧克力搁在她妈妈的枕头上，再把被子盖上去。妈妈很喜欢。

她有两个秘密。第一个，没人知道孩子的父亲是谁。还有一个。

她来到储藏室的橱柜，将一盒酒店洗发水的瓶子挪开，一个密码锁露了出来。她输入密码：她学校储物柜的密码。

接着，咔嗒一声，挂着松松软软白毛巾的架子滑开，一个小房间露了出来。它散发着清新的亚麻味道和夏日微风的气息，好像一切刚被洗刷得干干净净。她脱下鞋子，走了进去。地面和墙壁上都覆盖着软软的棉布毛巾，在那后面是隔音材料。

这面毛巾墙在她的身后合上，她整个人被包裹在淡紫色的光芒和薰衣草的香味当中，她缓缓地吸气，接着呼气。

她张开嘴。

放声怒吼。

6

她是一名儿科护士，还没生过孩子，但她希望有自己的孩子。她常常值夜班，很难遇到新鲜面孔，更不用说和某个人同步生活节奏了。她要靠这份工作生存，她照管的孩子就是她的整个世界。她无时无刻不在想那些孩子，即使下班也是如此。她会想那些被救活的孩子，也会想那些没能救活的。夜里，当她沉沉睡去后，她会听到那些已经逝去的哭声和笑声，她会感觉到那些棉花糖一样软软的皮肤贴着她的脸，她也能闻到一阵阵婴儿爽身粉的气味。当她从梦中醒来，那些五感就全都消失了。

她同时也是一位漂亮的钢琴演奏者。她酒量非常差。她总是莫名其妙又无法自控地想要向大家展示她的内衣，这种行为总让她的朋友们发笑。她迷恋上一个已婚男人，无法自拔。出于内疚，她在推特上关注了他的妻子，此外从不打扰。每次读完一本书，她都会把它送给坐在她家街边的一个流浪汉。他从未向她说过谢谢，她不在乎。她最喜欢的气味是一种甜甜的粪肥味，来自她从小长大的农场。她发现她喜欢大多数人讨厌的东西。

她对工作有无穷的耐心，孩子的父母总叫她天使。她在排队时会出现幽闭恐惧症。她喜欢听父亲唱歌。她几乎百分之百肯定她的哥哥有怪癖，但她想他的妻子并不知情。她至少一天五遍地在想，是不是应该跟他谈谈这件事。

她有一个秘密。

在护士休息区，当她确认现场除她以外没有别人时，她会沿着床边把窗帘拉上，把床遮得严严实实。她坐在床上，拿起遥控器，同时摁着上下键，随后，床头柜最上面的抽屉就会被打开。那里面是一个密码锁，密码是她最近没能救活的一个小婴儿的手环号码。

床边的墙滑开了，一个黑暗的小房间露出来。她爬过床头板，进入房间，里面有婴儿爽身粉的气味。地板和墙壁都铺着软软的羊毛，她像是整个人钻进了一个大大的玩具熊当中。墙壁合上的过程中，婴儿蓝的小夜灯同步亮起，房间不再黑暗。

她躺在地板上，蜷缩成胎儿的样子。

接着，放声怒吼。

7

她是一位全职妈妈，有四个不到三岁的小孩。她爱她的孩子，但她最期待的永远是孩子们早早睡着之后空出来的那两个小时，她可以趁机窝在沙发上喝一瓶红酒。她最喜欢的声音是孩子们彼此之间的谈话，只有她的小孩才能让她开怀大笑。

她极其擅长表现出认真倾听别人说话的样子，但她实际上在走神。她一年到头都在热衷于给别人买礼物；当她看到适合某个人的小物件时，总是克制不住冲动，非得把它买下来不可。她开车的时候喜欢一脚油门踩到底。与丈夫做爱是她最享受的一种消遣，她还很喜欢看成人影片。她以前从未讨厌过哥哥的妻子，但最近好像有点看她不顺眼。她喜欢跳舞。她回避冲突。她在社交场合有些窘迫。她还有点笨，一年内丢了五串房门钥匙。

去超市购物会让她感觉又热又烦。有一次慢跑时,她意外地尿了裤子,后来她就再也不去慢跑了。她从不迟到。她总是很开朗,很快乐。她是一位十分称职的母亲。她有一副唱歌的好嗓子。她的一头秀发是她最大的一笔财富。

大家总在对她说:"我都不知道你是怎么做到的。"

她有一个秘密。

当四个儿子都睡着时,她会来到他们的游戏房,转动玩偶匣的把手。玩偶跳出来的一瞬间,变形金刚墙上的密码盘就被无线激活了。

她输入密码:6969。她知道这很幼稚,但它可以让她发笑。变形金刚墙滑开了,一个小房间出现了。

房间的墙壁采用红色皮革软包,她喜欢这种感觉。

变形金刚墙在她的身后闭合了,没有夜灯亮起,她更喜欢让自己完全没入黑暗。

沿着冰凉的皮革墙一路摸索,她来到房间的角落,压低身子,慢慢滑坐在地板上,接着,她凝视黑暗片刻,让自己的思绪平静下来。

她张开嘴。

放声怒吼。

后记

《她们的怒吼》从书写到上市经历了一个漫长的过程，它的诞生本身就是个故事！那是八年前，我正和家人一起度假，其间，我想抽空和自己单独待一会儿。于是，我拿起一支笔和一本酒店记事本，找了张面朝大海的长椅，开始写下一则故事。这则故事已经在我的脑海中暂居了一段时间，它就是《慢慢消失的女人》。我写了一个小时，写完后，整个人立刻感觉神清气爽。几周后，我又写下了另一则小故事，刚写完，新的故事又很快出现在脑海中。每一则故事都拥有自己独特的调性，它们一直在用自发的力量带着我手中的笔不断书写。过了一段时间，我才意识到，这些离奇的故事不能分开独立出版，它们应该被集合成册。所以，我在继续书写其他小说的同时，也在慢慢创建一套独属于它们的故事集。

我写下的第一则故事《慢慢消失的女人》是这套故事集的开篇，它的灵感来自我和一个电视星探的面谈。当时，我们聊到了人口统计的话题，当听到对方说"我们没有针对五十四岁以上女性的人口统计数据"时，我忽然觉察到，这种被忽视不仅是女性在逐渐变老时的主观感受，也是我们生活中真实存在的客观情况。那次面谈是十二年前的事，时至今日，这种情况已经出现了很大变化。但我仍能感觉到，女性到了这个年纪，就不会再在荧幕上看到自己的形象，听到自己的故事了。你可以理解为她们开始觉察到，记录社会的那支笔已经不再关注自己了，自己的存在感正在从社会中淡出，整个人变得完全隐形而疏离。

我决定将这些故事命名为"……的女人"，用隐喻或俚语的方式讲述，这样的叙事结构让我觉得素材鲜活而丰满：故事是源源不断流淌而出的。

我很清楚，我想尽可能多地讲出不同类型女性身上所发生的故事。她们的背景和境况不尽相同，但都代表了我们生活的方方面面，代表了我们所处的不同关系，代表了我们必须塑造的形象或我们被外界期待塑造的形象，代表了我们感到不知所措、充满压力、疲惫不堪或迷茫困惑的每一个时刻。我想要写下的，便是大家都在体会的一切真实境况，它们让我们的感受彼此互通。

荒诞主义和超现实主义是我最喜欢的阅读和书写方式。当我用隐喻而非线性的方式书写时，我感觉自己能触摸到人生体验中一种独特的光，这种光是我在线性书写时很难体会到的。这本故事集就像这种光，像漫反射一样，照亮了身为女性所能体验到的很多方面。这便是我眼中我们所处的世界。

《她们的怒吼》中的每一则故事都捕捉了一个女人生命中的某一过渡时刻，此时的她正在回顾和分析自己的状态、自己所处的人生节点，以及自己如何抵达了这样的人生节点。在这样特定的节点下，她忽然发觉自己并不是全身心的快乐或满足，而当她下定决心改变现状的一刹那，怒吼便是伴随这一刹

后记

那的反应动作。

  这些故事无意对当下社会中的任何人指手画脚,也不想表达任何指责之意,而是为了对我们的存在予以庆祝——庆祝我们如何向上找寻、如何发掘并利用好自己的发声机会,庆祝我们如何意识到真实的自我,庆祝我们看到自己的勇气和力量,也看到自己脆弱的那一面。这套故事集是超现实的、轻松愉悦的,也是与真实生活息息相关的。我希望大家能享受这份阅读体验,从中暂避入虚幻的国度,或找到应对现实的灵感,并最终获得一份感动和一份向上的内驱力。

图书在版编目（CIP）数据

她们的怒吼 / (爱尔兰) 西西莉雅·艾亨著；丁雨洋译. -- 北京：九州出版社, 2023.12
ISBN 978-7-5225-2192-3

Ⅰ.①她… Ⅱ.①西…②丁… Ⅲ.①短篇小说—小说集—爱尔兰—现代 Ⅳ.①I562.45

中国国家版本馆CIP数据核字(2023)第200298号

Roar by Cecelia Ahern
Copyright © 2018 Greenlight Go Limited Company
Published by arrangement with Park & Fine Literary and Media, through The Grayhawk Agency Ltd.
All rights reserved.

著作权合同登记号：图字01-2023-6092

她们的怒吼

作　　者	［爱尔兰］西西莉雅·艾亨 著　丁雨洋 译
责任编辑	牛　叶
出版发行	九州出版社
地　　址	北京市西城区阜外大街甲35号（100037）
发行电话	（010）68992190/3/5/6
网　　址	www.jiuzhoupress.com
印　　刷	北京天宇万达印刷有限公司
开　　本	787毫米 × 1092毫米　　32 开
印　　张	9.5
字　　数	230 千字
版　　次	2023 年 12 月第 1 版
印　　次	2024 年 1 月第 1 次印刷
书　　号	ISBN 978-7-5225-2192-3
定　　价	48.00元

★ 版权所有　侵权必究 ★